京都御幸町かりそめ夫婦のお結び屋さん 2

卯月みか

一二三文庫

目次

イラスト　domco.

第一章　二人の距離

『やすらはで　寝《ね》なましものを　小夜更《さよふ》けて　かたぶくまでの　月を見しかな』

美しい表紙に惹かれて何気なく開いたのは、百人一首の現代語訳と解説の書籍だった。

目に入った和歌を見て、進堂花菜《しんどうかな》は思わず表情を曇らせた。

平安時代の女流歌人である赤染衛門《あかぞめえもん》が詠んだこの和歌は、「恋人が来ないとわかっていたら、躊躇《ため》らわずに寝てしまったのに。夜中まで待ち続けて、西の空に傾く月を見てしまったわ」という意味の恋の歌だ。

「花菜さん。本棚の整理が終わったら、こっちを手伝ってくれる？」

カウンターキッチンの中から、花菜の夫、一眞《かずま》が声をかけた。花菜は振り返り「はぁい」と返事をすると、足元に置いてあった段ボール箱から残りの古書を取り出し、手早く本棚に立てかけた。

「この間、千鯉堂《せんりどう》さんに持っていってもらったところなのに、また溜まってきたなぁ」

苦笑いを浮かべて、隙間のなくなった本棚を眺める。先日、近所の古書店『千鯉堂』に買い取ってもらい、すっきりしていた本棚は、一ヶ月も経たずに再びいっぱいになってしまった。

段ボール箱を片付け、ランチの仕込みをしている一眞の手伝いをしようと本棚に背を向けた花菜の目に、店内の様子が映る。

花菜の自宅であり、一眞と共に営む和カフェ『縁庵《ゆかりあん》』は一風変わっている。おむすびをメインにしたランチや抹茶パフェが人気の、京都らしい町家スタイルのカフェなのだが、店の中はリサイクルショップ並みに物が溢れているのだ。

昭和レトロな家具、ブリキのおもちゃ、古い映画のポスター、レコード、古書、食器、信楽焼の狸……。

これらは、一眞の知り合いや、ＳＮＳでこの店を知った人たちが持ち込んだ品々だ。一眞は、不要になった物を引き取り、必要としている人に橋渡しをしている。気の利いた人が「お礼に」と言って、お菓子やお酒などをくれることもあるが、お金は一切貰《もら》っていない。

なぜこんな面倒なことをしているかというと、ひとえに「使える物を捨てるのはもったいないやん？　誰か欲しいっていう人にあげて、使ってもらえたら嬉《うれ》しいし」という、一眞の親切心だ。

一眞が、とあるきっかけで始めたこととはいえ、置き場所に困るほど、『縁庵』は常に物だらけだった。先ほど花菜が片付けていた古書も、昨日、年配の男性から持ち込まれた品だった。

「近々、古物商さんに来てもらったほうがいいんじゃないですか？　物が増えてきましたし」

花菜が声をかけると、野菜を切っていた一眞が顔を上げた。

「そうやね。連絡してみよかな」

あまりにも不要品が溜まってくると、一眞は知り合いの古物商に買い取りをお願いしている。味のある木製の家具などは、それなりの値段が付くこともあるのだが、ほとんどの物は二束三文だ。儲けようと思っているわけではないので、一眞は全く気にしていない。

キッチンに入った花菜は丁寧に手を洗うと、一眞が出していたレタスを千切り始めた。昨日、たっぷりと水を吸わせ、しっかりと水気を拭いて冷蔵庫に入れていたレタスは、気持ちのいいぐらいシャキシャキしている。

「今日のランチメニューはなんですか？」

花菜が尋ねると、一眞から、

「メインは鶏肉のトマト煮込み。付け合わせは、グリーンサラダと、コンソメスープ。

ご飯物は、ガーリックライスとパセリのおむすびと、コーンバターのおむすびやで」と返ってくる。どうやら今日は洋風のメニューらしい。

二人で手際よく仕込みを終えると、ちょうど開店時間になった。

入り口を開けて、『縁庵』と白く染め抜かれた緑色の暖簾《のれん》を掛ける。黒板に本日のランチメニューを書き込み、外に出す。

「いい天気」

花菜は空を見上げてつぶやいた。昨日の夕方のニュースで、嵐山《あらしやま》の桜の中継をやっていた。今が見頃らしい。

（散らないうちに、お花見に行けたらいいな……）

うららかな陽気の中で桜を眺めながら、一眞の作ったお弁当を食べたい。

そんなことを考えながら、店内に戻る。

前の持ち主が「引っ越しを機に手放したい」と言って持ち込んだという、信楽焼《しがらきやき》の狸《たぬき》と目が合い、頭を撫でて声をかける。

「今日もお客様を招いてね」

花菜の声が聞こえたのか、一眞がくすっと笑った。

狸のおかげなのか、桜の時季だからなのか、今日の『縁庵』はかなりの繁昌ぶりだった。昼休憩を取る余裕もなく働いているうちに、あっという間に夕方になった。

ようやく店内も落ち着いた頃、

「進堂さん、こんにちは」

と、挨拶をしながら、一人の女性が入ってきた。

「いらっしゃいませ。――あっ、清香《きよか》さん、こんにちは」

顔見知りの女性の来店に、花菜は笑顔で挨拶を返した。

ベージュのチノスカートにボーダーのカットソー、アップにした髪にヘアターバンを着けた、三十代前半のおしゃれな女性は、『縁庵』と同じ御幸町通《ごこまちどおり》に店を構えている雑貨店の店長、宇部《うべ》清香だった。よく昼休憩に『縁庵』にランチを食べに来てくれる、常連様でもある。

「今日は早じまいですか？」

雑貨店の閉店時間にはまだ早いと思って聞いてみると、清香は「ううん」と首を横に振った。

「まだだけど、バイトの子に任せて、ちょっと出て来たんです。『縁庵』が閉まる前に、進堂さんに頼んどきたいことがあって」

そう言いながら、清香が一眞に視線を向ける。

二人の会話を聞いていた一眞が、

「なんでしょう？」

と、微笑んだ。

「実は私、今度結婚することになったんです」

おめでたい話を聞いて、花菜と一眞は目を丸くし、同時に、

「おめでとうございます！」

「それはおめでとうございます」

と、お祝いの言葉を述べた。

「おおきに。ほんで、亡くなった祖父母の家に、彼と一緒に住むことにしたんです。家賃もかからへんしね」

「そうなんですね」

一眞が相づちを打つ。

「引っ越しまでに片付けようと、ぼちぼちと家の掃除を始めてるんですけど、いらへん物がたくさんあるから、進堂さんに引き取ってもらえたらええなぁって思っていて……。頼めますか？」

「頼みごと」と聞いて花菜は薄々感づいてはいたが、やはり、不要品引き取りの依頼だったようだ。

一眞は軽い口調で、

「かまいませんよ」

と答えた。

「ほんま？　助かるわぁ」

清香が両手を合わせて嬉しそうな顔をする。

「ほな、今度来てくれはりますか？」

「わかりました」

日時の約束をすると、清香は、

「バイトの子が待ってるし、店に帰ります。営業時間中にかんにん。おおきに」

と言って、『縁庵』を出て行った。

清香を見送った後、花菜は一眞を振り返った。

「一眞さん、また『縁庵』に物が増えますね」

「ええんちゃう？　ＳＮＳで貰い手の募集をかけたら、なんとかなるやろ」

気楽に言って微笑む一眞を見て、花菜は苦笑した。

我が夫は、相変わらずお人好しだ。


『縁庵』の次の定休日。花菜は、一眞の運転する軽自動車で嵯峨《さが》へ向かった。

清香の祖父母の家は、ＪＲの嵯峨嵐山《さがあらしやま》駅の近くだと聞いている。嵯峨嵐山駅から、嵐山観光の中心地である『渡月橋《とげつきょう》』や『竹林《ちくりん》の小径《こみち》』へは徒歩で行ける距離なので、駅前は観光客の姿も多い。

「一眞さん、おいしそうなお店がありますよ！」

車窓から外を覗いていた花菜は、紅茶とスコーンの専門店を見つけ、声を上げた。

洋館のような店構えの喫茶店は、おしゃれな雰囲気だ。

（中はどんな感じなのかな？）

通り過ぎた店を目で追っていたら、一眞が提案した。

「気になるなら、今度、あらためて来てみようか」

「いいんですか？」

弾んだ声を上げた花菜を見て、一眞は微笑みながら頷く。

「花菜さんが喜ぶなら、ええよ」

優しい言葉を貰って、花菜の胸がとくんと鳴る。

去年の八月、花菜は仕事と家を失い、どん底にいた。偶然出会った一眞に、初対面で「僕と結婚してください」と言われ、成り行きで始めた契約結婚生活。時にぶつかったり、支え合ったりして、数ヶ月を過ごすうちに想い合うようになり、本当の夫婦になったのは、つい一ヶ月ほど前のことだ。

花菜は、運転席でハンドルを握る一眞の横顔を見つめた。すっと通った鼻筋は高く、まつげは長い。目元は優しげで、夫だという贔屓目《ひいきめ》に見ても素敵な人だと思う。

（結婚……本当にしたんだよね？）

一眞は花菜を大切に扱ってくれる。けれど、契約結婚だった時から彼はそうだったし、籍を入れてからも、劇的に何かが変わったわけではない。

（もうちょっと……こう、なんていうか……）

花菜は昨夜のことを考えた。

お風呂に入った後、リビングのカーペットの上に座って、お菓子を食べたりコーヒーを飲んだりしながら、二人で一緒にドラマ鑑賞を楽しんだ。夜のカフェタイムは、いつの頃からか自然と始まった二人の習慣だ。

和やかな時間を過ごした後、日付が変わる頃になって、一眞が立ち上がった。

「そろそろ寝ようか」

手を差しだされ、花菜は、

「えっ、あっ、はい」

と、つっかえながら返事をし、その手を取った。ぐいと引かれて立ち上がる。

（今夜は……）

花菜の淡い期待に反して、一眞は花菜の手を離すと、

「ほな、お休み」

と言って、リビングを出て行った。取り残された花菜は一瞬ぽかんとした後、

「〜〜〜っ」

再びその場にしゃがみ込んで、膝を抱えて額を付けた。

変な期待をした自分が恥ずかしい。穴があったら入りたい。

（私たち、一緒に区役所に行って婚姻届を出したし、ちゃんと夫婦になったよね？　なんで一眞さん、前と全然変わらないの……！）

恥ずかしさを一眞への怒りに転嫁して、頬を膨らませる。

花菜と一眞には私室がある。結婚してからもそれぞれ自分の部屋で寝ているので、二人の間に夫婦らしい関係はほとんどない。

（寂しいから同じ部屋で寝たいとか……私から言えるわけがない！）

夫婦なのに、自分に興味を持たれていないのではないかと不安になる。

（私ばっかり、『好き』が募《つの》ってるみたいで悔しい……）

花菜はしばらく一眞への不満でもやもやしていたが、いつまでもそうしているわけにもいかないので、リビングを出た。

自室の戸を引く前に、一眞の部屋に目を向ける。

（一眞さんにとって、私はまだ本当の妻じゃないのかな……）

契約結婚期間が長すぎたのかもしれない。お互いに距離感が測れていないような気がする。

花菜は部屋に入ると戸を閉めた。鍵はあえてかけなかった。

助手席でぼんやりと昨夜の出来事を思い返していたら、運転席の一眞がこちらに視線を向けた。

「もうすぐ着くで」

花菜は、一眞の横顔を見つめていたことを誤魔化《ごまか》すように、慌ててフロントガラスの向こうに目を向けた。

「人通りが増えて来ましたね」

「ここ抜けたら嵐山商店街やからね。清香さんの家は商店街よりもちょっと手前みたいやで」

一眞は言葉どおり、道を抜ける少し手前で車を停めた。ナビと目の前の日本家屋を見比べて確認をする。

「ここみたいやね」

「車はどこに停めますか？」

路上駐車をするわけにもいかない。

「敷地内に駐車場があるって言うてはったから、清香さんにどうしたらええか聞いてきてくれへん？」

一眞に頼まれ、花菜は車を降りると、門の横についたインターフォンのブザーを押した。すぐに、清香の声が聞こえてくる。

「はい」

「すみません、進堂です」

　花菜が名乗ると、

「ああ、花菜さん！　今、開けます。ちょっと待っててくれはる？」

　明るい声が返ってきて、数分も経たないうちに門が開いた。デニムに長袖のＴシャツというカジュアルな格好をした清香が現れ、二人に向かって微笑んだ。

「今日は来てくれはっておおきに。中に駐車場があるし、車、入れてください」

　清香の言葉を一眞に伝えると、一眞は門にぶつけないよう注意深く車を敷地内に入れ、狭い駐車場に器用に停めた。

　案内されて玄関に向かい「お邪魔します」と言って家に上がる。廊下のあちこちに段ボール箱が置いてあった。家の片付けをしている最中だったのだろう。

「清香。お客さん、来はったん？」

　声と共に奥の部屋から顔を出したのは、清香と同い年ぐらいの男性だった。鍛えているのか、がっしりとした体付きをした大柄な人だ。

「信士《しんじ》さん。こちらは、私のお店の近所でカフェをやってはる進堂さんと、奥さんの花菜さん。片付けで出た不要品の引き取りを頼んだって話してたやろ？」

清香に紹介されて、花菜と一眞は「こんにちは」と挨拶《あいさつ》をした。彼が清香の婚約者のようだ。

「伊江《いえ》信士です。今日はわざわざお越しいただいてすみません。しかも、いらへんもんを引き取ってほしいなんて、図々しいことをお願いしてしもて……」

信士が申し訳なさそうに会釈をする。一眞は、

「かまいませんよ」

と微笑んだ。

「それで、僕らに引き取ってもらいたいっていう物はどちらにあるんですか？」

「段ボール箱に入れてまとめてます。でもまだ片付けが途中やから、他にも何か出てくるかも。進堂さんが来はる前に全部準備しときたかったんですけど、思ってた以上に物が多くて……」

弱ったように言う清香に、一眞は気の良い言葉を返した。

「ほな、僕らも手伝いますよ」

不要品引き取りに呼ばれた先で片付けを手伝うことはよくあるので、おそらく一眞は、今回もそうなることを予想していたのだろう。

清香は慌てて両手を横に振った。

「そんなん悪いし、客間でお茶でも飲んでてください」

遠慮をする清香に、花菜も長袖ブラウスの袖をめくってみせる。

「皆で片付けたら、早く終わりますよ」

やる気満々な花菜を見て、清香は遠慮をやめたようだ。

「ほな、お願いしてもいいですか？」

「はい！　どこから手伝いましょうか？」

「そこの仏間がまだ途中で……」

清香が指差したのは、信士が出てきた部屋だった。

中に入ると、八畳の畳敷きの部屋はかなり散らかっていた。中央にはしっかりとした表紙のついたアルバムが積み重ねられており、傍らの紙箱にはネガフィルムの束が入れられている。今の世の中、写真といえばスマホだが、清香の祖父母の時代はアナログカメラが主流だったのだろう。

アルバムに気付いた花菜に、清香が苦笑を向ける。

「昔の家族写真がぎょうさん出てきたから、懐かしくて、つい手が止まってしもたんです」

「お義父さんや紫《ゆかり》さんの子供の頃の写真や、清香が赤ちゃんの頃の写真もあったね」

信士が微笑みながら清香を見た。

「おばあちゃんが、いつどこで撮った写真か細かく書いて、まめに整理してくれてたみたいやし、捨てにくいわ」

「お義父さんに、どうするか聞いてみたら？」

「そうやね」

清香と信士が話し合う横で、花菜は仏壇に視線を移した。漆《うるし》と金の立派な仏壇には、いくつかの位牌が並べられている。清香の祖父母と、先祖の位牌だろうか。

「このへんの物、見てみましょうか？」

一眞が、部屋の隅に集められた、こまごまとした物を指差した。清香が「お願いします」と手を合わせる。

「何か引き取れる物があったら、持って帰ってくれはりますか？」

「わかりました」

小物のそばまで歩み寄り、腰を下ろした一眞の隣に、花菜も正座をする。

（色んな物があるなぁ）

航空会社のマークの入ったトランプはノベルティだったのだろうか。カエルのキャラクター人形や、百人一首カルタ、お菓子の缶など、たあいのない物を見て気持ちが和んだ。

丸いお菓子の缶の蓋を開けてみると、中にはたくさんのリボンが詰め込まれていた。サテン、コットン、オーガンジー……素材も長さも様々だ。もしかすると、プレゼント包装に使われていた物をとっておいたのかもしれない。

（そういえばお母さんも「いつか使うかも」って言って、お菓子のリボンをとっておく癖があったっけ）

亡き母親のことを思い出し、懐かしい気持ちになる。清香の祖母も「もったいながり」だったのだろうか。

花菜は缶を閉めると、今度は百人一首カルタに目を向けた。よく使われていたのか、桜や紅葉が描かれた紙箱の蓋は、少し傷んでいる。

（百人一首カルタか。触るのって、中学生以来かも）

花菜が通っていた中学校では、三学期の始めに百人一首カルタ大会が開催されていた。競技内容は『源平合戦《げんぺいがっせん》』で、二名ずつクラス代表が選ばれ、トーナメント方式で勝負をする形式だった。

『源平合戦』というのは、百枚の取り札を各チームに五十枚ずつに分けて、三段に並べ、読み手が読み上げる札を取っていくという勝負方法だ。敵陣の札を取ったら、自陣から一枚札を送り、先に自陣の札が全てなくなったほうが勝ちになる。

花菜も一度だけ代表に選出され、いいところまでいったものの、上級生チームに負けてしまったという悔しい経験がある。

青春時代に思いを馳《は》せながら、カルタの箱の蓋を開けた瞬間、花菜の脳裏に見たことのない光景が浮かんだ。

中年の男性と中年の女性、もう一人の中年の女性と高校生ぐらいの少女が、百人一首カルタの札を挟んで座っている。少女の顔立ちは清香に似ている。

『夜をこめて　鳥のそら音《ね》は　はかるとも　よに逢坂《おうさか》の　関はゆるさじ〜　よに逢坂の　関はゆるさじ〜』

リズムに乗せた歌が聞こえる。和歌を詠んでいるのは七十代ぐらいの老婦人だ。

『はいっ！』

『はい！』

清香らしき少女と、向かい合わせに座っていた男性が腕を伸ばす。先に札に手を置いたのは清香だった。札を取り上げ、にっこりと笑う。

『えへへ、私の札取った〜！　お父さんの負け〜！』

自慢げに札を中年の男性に見せる。

自陣の札を一枚、敵陣へ送る清香に向かい、男性――清香の父は余裕の表情で、にやりと笑った。

『まだ勝負はこれからや。清香には負けへんで』

清香は、隣に座る女性に顔を向け、口元に手を当ててわざとらしくひそひそ話をする。

『お母さん。お父さんがこんなこと言うてるで』

『清香、お父さんをぎゃふんと言わせたって』

笑い合う母娘を見て、父親の隣に座るもう一人の女性が声を上げて笑う。

『お義姉さん、兄さんに厳しいなぁ』

『紫《ゆかり》さん、こういう時でないと、この人に日頃の鬱憤《うっぷん》を晴らせへんねん』

清香の母親が肩を竦《すく》める。父親は心外だというように腕を組んだ。

『俺が普段から素行が悪いみたいな、人聞きの悪いこと言わんといてくれるか』

『あんたら、次いくで』

老婦人が声をかけると、その場は再び緊張感に包まれた。

『めぐり逢ひて　見しやそれとも　わかぬまに　雲がくれにし　夜半《よわ》の月かな～　雲がくれにし　夜半の月かな～』

『はいっ！』

今度は紫が手を伸ばした。清香も手を伸ばしたが、一瞬早く、紫が札を押さえる。

『あ～！　紫叔母さんに取られた！』

悔しがる清香に、紫が胸を張ってみせる。

『紫式部の歌やからね。清少納言には渡さへんよ』

『来ぬ人を　松帆《まつほ》の浦の　夕なぎに　焼くや藻塩《もしほ》の　身もこがれつつ～』

老婦人が耳に心地いい声で、次々に歌を詠む。今度は父親が札を取る。

『俺の歌やからな。これだけは譲れへん』

満足げに札を見た後、父親は自陣の札を一枚、清香の陣に送った。

清香と母親、父親と紫の、陣の札の枚数は、ほぼ同じ。いい勝負が繰り広げられている。どちらが勝つのだろう――

「花菜さん、どうしたん？」

一眞に名前を呼ばれて、花菜は我に返った。手元の百人一首カルタに目を向ける。

どうやら自分は今、このカルタに残る思い出を垣間見ていたようだ。

花菜は、触れた物の思い出が見えるという不思議な能力を持っている。その能力は限定的で、愛情、恋情、願いなど、誰かを想う強い気持ちが籠《こ》もった物だけに反応する。

（さっき、百人一首カルタで遊んでいた人たちは、きっと清香さんの家族だ）

歌を詠んでいたのは清香の祖母、源平合戦で勝負をしていたのは、清香と父親と母親、紫という叔母で間違いないだろう。

花菜は一眞に顔を寄せ、囁《ささや》いた。

「このカルタに、思い出を見ました」

「えっ？」

一眞が目を丸くする。花菜の能力を知っている一眞は、興味を持った様子で、

「誰の？」

と、尋ねた。花菜は一眞に小声で、垣間見た光景について話した。

一眞が顎《あご》に指を当てて、考え込む。

「この百人一首カルタは、清香さんのご家族の楽しい思い出が残る品なんやね。ほんなら、引き取ってええかどうか、清香さんに確認したほうがええね」

清香の姿を探して振り向くと、彼女はアルバムを整理しているところだった。

「これはお父さんのアルバムだから実家に持って帰るとして、紫叔母さんのアルバムはどうするか聞いてみないと……」

ぶつぶつ言いながら、アルバムを分類している。

「清香さん、すみません」

花菜は百人一首カルタを手に、清香のそばに歩み寄った。

「これ、大切な物なんじゃないでしょうか？　引き取らないほうがいいですよね？」

清香が花菜の手元を見て「あっ、それね！」と明るい声を上げた。

「長年使って傷んでるから、捨てようかどうしようか迷っていたの。うちね、おばあちゃんがいた頃は、お正月に親戚が集まったら、お父さん、お母さん、叔母さん、私で、カルタ遊びをするのが恒例やったんです」

花菜は、垣間見た清香の家族たちの姿を思い出し、内心で「やっぱり」と納得した。

「私のおばあちゃん、競技カルタをやってはったんです。その影響で、お父さんも叔母さんもカルタが好きで、私も子供の頃から教えてもろてたんです。お正月にカルタをする時は、読み手は必ずおばあちゃん。おばあちゃんが参戦すると、強すぎて勝てなくなっちゃうから。おばあちゃんが詠む百人一首は、耳に心地良くて好きやったなぁ」

遠い目をして懐かしそうに語る清香を見て、花菜は「清香さんはおばあちゃんっ子だったのかも」と考えた。

「清香！　ちょっと来てくれへんか？　見てほしいもんがある」

花菜と清香が話していると、押し入れに上半身を突っ込んでいた信士が清香を呼んだ。

「どうしたん？　何か変なもんでも出てきた？」

信士は後ずさるようにして押し入れから外に出てくると、清香の問いかけに、

「金庫があった」

と、驚いた表情で答えた。

「金庫？」

「うん。奥のほうに隠してあったで。古そうやったわ」

清香が信士と交代して、押し入れの中に半身を入れる。

「わっ、ほんまや！　なんでこんなところにあるんやろ？　信士君、外に出せる？」

姿勢を戻し、戸惑いの表情を浮かべる清香に頼まれ、

「ちょっと引っ張ってみるわ」

信士が再び押し入れに入った。金庫を引っ張り出そうとしている音が聞こえてくる。しばらくの間、信士は中でごそごそしていたが、諦めの表情で外に出てきた。

「あかん。重くて無理」

「どんな金庫ですか？　見せてもろていいですか？」

一眞が尋ねると、清香と信士が押し入れの前から体をどけた。「すみません」と断りを入れて、一眞が押し入れに頭を入れる。花菜も横から覗《のぞ》いてみた。確かに、奥の暗がりに、時代がかった古びた金庫が鎮座していた。押し入れにしまえるほどのサイズなので、それほど大きくはない。

花菜と一眞は姿勢を戻すと顔を見合わせた。

「昔の金庫っていう感じでしたね」

「不要品を引き取りに行った先で、古い金庫が見つかることもあるけど、鍵がなくなってて開かへん場合が多いねん」

清香は腕を組んで首を傾《かし》げている。

「おじいちゃんとおばあちゃんの金庫かな？　何が入ってるんやろう」

「大金が出てきたらどうする？」

「まさかぁ！　お金が入ってるなら、おばあちゃんが亡くなった時に、お父さんか叔母さんが回収してるって」

冗談を言う信士の背中を叩いて笑い飛ばしながらも、何か良い物が入っているかもしれないと期待する気持ちが芽生えたのか、清香の目が輝いた。

「でもな、さっき扉を開けようとしてみたら、びくともしぃひんかったわ。鍵はダイヤル式みたいやけど、番号も分からへんし」

信士が肩を竦め、清香に尋ねる。

「お義父さんは暗証番号を知ってはらへんの？」

「あ、そっか！　聞いてみるわ！」

信士の問いかけに、清香は手を打ち、ショルダーストラップにぶら下げていたスマホを手に取った。液晶画面に指を滑らせた後、耳に当てる。

「あ、もしもし。お父さん？」

どうやら、すぐに繋《つな》がったようだ。

清香は五分ほど父親と会話を交わした後、通話を切った。電話をかける前の期待した様子と一変し、溜め息をつく。

「お父さん、そんな金庫があるなんて、知らへんかったたって言うてたわ」

「そうなんや。どうする？　しゃあないし、このままにしとく？」

「うーん……」

清香と信士が困り顔を見合わせる。

何かいい案がないものだろうかと、花菜は隣に座る一眞に声をかけた。

「一眞さん。過去にもこういうことがあったんですよね？　その時はどうしたんですか？」

花菜の質問に、一眞は、

「大きなお屋敷の片付けにお伺いした時に、開かずの立派な金庫があってん。家の人が鍵屋さんを呼んだんやけど、古い金庫やったから鍵屋さんもお手上げで、開かへんかったわ」

と答えた。

開かないかもしれない金庫のために、お金をかけて鍵業者を呼ぶのが躊躇われるのか、清香と信士は迷っているようだ。

その場に諦めの空気が漂い始めた時、一眞が花菜の肩を叩いた。振り向くと、すぐ間近に一眞の顔があり、こんな時なのにドキッとした。

一眞が花菜の耳元に唇を寄せて囁く。

「花菜さん、あの金庫に触ってみてくれへん？」

花菜はハッと気が付いて一眞を見た。彼が何を言わんとしているのか理解して頷《うなず》く。

「わかりました」

金庫の処分をどうするか話し合っている清香と信士に近付き、花菜は「すみませんと声をかけた。

「金庫、もう少し見せてもらってもいいですか？」

「ええけど……開かないと思いますよ」

花菜が解錠に挑戦しようとしていると思ったのか、清香は呆れた表情を浮かべたが、止めはしなかった。

「失礼します」と声をかけ、花菜は四つん這いで押し入れの中に入った。高さは頭ギリギリで、気を付けないと打ちそうだ。奥まで行き、古びた金庫に手を伸ばす。

（金庫って大切な物をしまう場所だもの。もしかしたら……）

花菜の予想どおり、金庫に触れた瞬間、老婦人の姿が脳裏に浮かんだ。

先ほど百人一首カルタに触れた時に見えた清香の祖母だ。祖母はリズム良く和歌を詠みながら、金庫のダイヤルを回している。

『来ぬ人を　松帆の浦の　夕なぎに　焼くや藻塩の　身もこがれつつ』

カチカチと二度音が鳴る。

『めぐり逢ひて　見しやそれとも　わかぬまに　雲がくれにし　夜半の月かな』

再びカチカチと二度音が鳴り、祖母は把手に手を掛けた。金庫の扉が開く。祖母は金庫の中に何かをしまうと、再び扉を閉め、ダイヤルをぐるんと回した。扉を軽く引いて鍵がかかったことを確かめると、後ずさりしながら押し入れを出て行く。

花菜は意識を現在に戻した。

押し入れの外に出た花菜に、一眞が真っ先に声をかけてくる。

「どうやった？」

「見えました」

短く答えたら、一眞は「やっぱり」と言うように頷いた。

花菜の言葉が「金庫が見えた」という意味なのだと勘違いした清香が、微苦笑を浮かべる。

「古い金庫やったでしょう？」

花菜は清香の前に正座をすると、あらたまった口調で問いかけた。

「清香さんのご家族って、百人一首カルタがお好きだったんですよね。もしかして清香さんのお名前って、清少納言《せいしょうなごん》から取られたものなのではないですか？」

花菜の質問に、清香がびっくりした顔で目を瞬かせる。

「ええっ、すごい。よう気付かはったね。そうです。おばあちゃんが付けてくれはったらしいです」

「叔母様のお名前も、お父様のお名前も歌人に関係があるのでは……？」

続けて聞くと、清香はさらに驚いた。

「なんでわかったん！　花菜さんって、エスパーか何か？」

清香の例えは当たらずとも遠からずなのだが、花菜は曖昧に笑って誤魔化した。

「エスパー」は言葉のあやであって、清香も本気で言ってはいないはずだ。

「お正月にご家族でカルタ遊びをするっておっしゃっていたから、清香さんが清少納言なら、他のご家族も、百人一首の歌人に関係のある名前だったりするのかなって思ったんです」

花菜の説明に、清香が「鋭いなぁ」と感心する。

「確かに、うちのお父さんは宇部定家《さだいえ》、叔母さんは結婚して、名字が宇部から志嶋《しじま》に変わったんやけど、紫って名前です。お父さんは藤原定家《ていか》、紫叔母さんは紫式部《むらさきしきぶ》からお名前を借りたって、おばあちゃんが話してました」

「花菜さん。それで、カルタと金庫がどう関わってくるん？」

不思議そうに尋ねる一眞に、花菜は頼りなく「たぶんですけど……」と前置きして、推測を述べた。

「金庫の暗証番号は、藤原定家の『来ぬ人を　松帆の浦の　夕なぎに』の歌と、紫式部の『めぐり逢ひて　見しやそれとも　わかぬまに』の歌に関係するんじゃないかなって思うんです。百人一首で思いつく数字といえば……」

「歌番号か！」

一眞が指を鳴らした。すぐさまスマホを取り出し、藤原定家の歌と紫式部の歌を検索する。

「『来ぬ人を』は九十七番、『めぐり逢ひて』は五十七番や。ほな、暗証番号は九七五七ってことやね」

花菜と一眞の会話を聞いていた清香と信士が色めき立つ。

「えっ、百人一首の歌番号？　ほんまに？」

「さっそく試してみよう！」

信士が再び押し入れに入り、金庫の確認に行ったが、すぐに「あかん」と声を上げた。

「ダイヤルを右に回せばいいか、左に回せばいいかわからへん。こういうのって、回す方向もあるやろ？」

「ああ、そうかぁ〜……」

清香が今気付いたと言うように落胆の声を上げる。

「適当に回したら、そのうち開かへんかな？」

駄目元というように提案した清香に、押し入れから顔を出した信士が苦笑を向ける。

「何通りもあるから、大変やで」

「……九七五七、全部左やないかな」

不意に、スマホを見ていた一眞がつぶやいた。

「どうしてそう思うんですか?」

花菜は一眞の手元を覗き込んだ。一眞が見ていたのは、藤原定家について書かれた辞書のサイトだった。

「定家は御子左家《みこひだりけ》っていう歌道の家を確立したらしい。紫式部が書いた『源氏物語』の主役、光源氏《ひかるげんじ》の正妻の葵《あおい》の上は左大臣家の娘やし、紫式部が仕えた藤原彰子《しょうし》の生母も左大臣の娘やったみたいやから、なんとなく左の印象が強いなって思ってん」

そう説明した後、一眞は自信なさげに笑った。

「こじつけと言われればそうなんやけど」

「試してみる価値はありますよ」

花菜は信士に声をかけた。

「信士さん、全部左に回してみてもらえますか?」

「わかった。やってみる」

返事をして、信士が再び押し入れに頭を入れる。奥から、ダイヤルを回す音が聞こえてくる。

「開いた開いた！」

すぐに信士の興奮した声が聞こえた。清香が「ほんま？」と弾んだ声を上げる。

金庫の中から取り出した何かを持って、信士が外に出て来た。

「お金やなさそうやで。何が入ってるんやろう」

信士は不思議そうに、手にしていた茶封筒と桐の小箱を清香に渡した。受け取った清香が茶封筒を開ける。中から出てきた物を見て目を瞬かせた。

「手形と足形？」

それは、朱で押された小さな手形と足形の色紙だった。赤ちゃんのものだろうか。隅に筆で「清香0歳」と書かれている。

「これってもしかして、赤ちゃんの時の私の手形足形？」

「清香。そっちの箱には何が入ってる？」

信士に問われて、清香は色紙を畳に置くと、今度は桐箱を開けた。きょとんとした表情で、

「何これ」

とつぶやく。綿に包まれて箱に入っていたのは、干からびた紐《ひも》のような物だった。

一眞が清香の手元を見て微笑んだ。

「それ、きっとへその緒やと思いますよ」

「へその緒って、赤ちゃんがお母さんのお腹の中にいる時に、栄養を取るためにお母さんと繋がっている管みたいな物のことですよね？　臍帯《さいたい》でしたっけ」

花菜が確認をすると、一眞が「そう」と頷く。

「蓋に名前が書いてある。『定家』……これって、お父さんのへその緒？」

清香はハッとしたように、もう一つの桐箱を開けた。

「こっちは『紫』って書いてある。叔母さんのへその緒や！　なんでこんなもんが金庫の中に……？」

首を傾げている清香と対照的に、信士は全てわかったかのように、納得した表情を浮かべている。

「家族のアルバムを、あんなに綺麗に整理して置いておくようなおばあさんやで。可愛い子供たちの思い出を、大事にとってはったんやないかな」

「わざわざ金庫の中に？」

清香は解《げ》せない様子だったが、信士は微笑んで続けた。

「金庫にしまって絶対に失いたくないぐらい、おばあさんにとって、子供や孫の成長の記録は大切な物やったんと違う？　だって、金庫の暗証番号まで、お義父さんと紫さんの歌の番号にしはるぐらいやで」

「そっか。おばあちゃん……」

信士の言葉が胸に沁みたのか、清香がしんみりした表情を浮かべる。

「金庫に、まだ何か入っていたみたいやから、出してみたらどう？」

清香は僅かに滲《にじ》んだ涙を拭うと、信士の勧めに「うん」と頷いた。


花菜と一眞は、清香の祖父母の家に二時間ほど滞在した後、不要品を引き取り、お暇した。軽自動車の助手席に座り、花菜は押し入れの金庫から出てきた様々な品のことを考えた。

母子手帳、紫が結婚した時の両親への手紙、清香が書いた祖母の似顔絵……。

それらは一般的には貴重品ではない。けれど、清香の祖母にとっては、かけがえのない宝物だったのだろう。

清香の祖母の、子供たちや孫への深い愛情を感じ、花菜は温かな気持ちになっていた。

自分も子供ができた時、彼女のような想いを抱くのだろうか。

ハンドルを握る一眞の顔にちらりと目を向ける。今はまだ、そんな未来は想像できない。

花菜の視線に気が付いたのか、一眞が横目で花菜を見た。

「花菜さん、疲れた？　もしまだ体力が残っているなら、行きたいところがあるんやけど、ええ？」

「大丈夫ですよ」

金庫のこともあり、片付けはあまり進まなかったので、それほど疲れてはいない。どこに行くのだろうと思っていたら、車は川沿いの道に出た。

（ここ、桂川《かつらがわ》？）

遠目に渡月橋が見える。

一眞は渡月橋近くの駐車場に車を停めると、扉を開けて外に出た。意図がわからないまま、花菜も一眞を追って車を降りる。

「嵐山観光がしたかったんですか？」

歩きだした一眞に肩を並べると、「うん、そうやで」という答えが返ってきた。

「せっかく近くまで来たんやし、花菜さんと一緒に嵐山をぶらぶらするのもええなって思ってん。結婚してからデートらしいデートもしてへんかったし……それに、ほら見て」

一眞が指を差した先に目を向けると、中之島《なかのしま》の公園に桜が咲いていた。

「わぁ！　綺麗ですね！」

（そういえば、ニュースで言っていたっけ。嵐山の桜が見頃だって）

桜の季節も影響しているのか、嵐山は観光客でごった返していた。外国人の姿が多い。

人波に乗ってゆっくりと歩きながら、花菜と一眞は渡月橋を渡った。

中之島の公園では、ソメイヨシノやしだれ桜が満開だった。花菜は頭上を見上げ、うっとりと目を細めた。

「奈良時代は花といえば梅やったけど、平安時代は桜やったんやって」

「百人一首にも、桜を歌った歌がありますよね」

昔の人も今の二人と同じように花を愛でていたのだろうか。

のんびりと公園内を散策し、一眞のおすすめだというカフェで紅茶のソフトクリームを食べた後、二人は渡月橋を戻った。橋のたもとでは人力車の俥夫《しゃふ》が客待ちをしていて、花菜と一眞の姿を見つけ、声をかけてきた。

「人力車、どうですか？」

「花菜さん、人力車って乗ったことある？」

一眞に尋ねられ、首を横に振ると、俥夫がマップを見せてきた。所要時間とコースによって値段が分かれており、竹林の中や嵯峨野《さがの》をまわり、一周してくるコースが人気らしい。

（人力車か……。ちょっと乗ってみたい気もする）

花菜が興味を引かれていることを察したのか、一眞が俥夫に頼む。

「ほな、乗せてもらえますか？　そうやね……二尊院《にそんいん》で降ろしてくれはると嬉しいです」

俥夫が「おおきに」と愛想良く笑う。

人力車は少し先の場所に停めているらしく、俥夫に付いて移動する。桂川沿いの道を曲がると、数台の人力車が並んでいた。

手早く乗車の準備をし、俥夫が足台を置く。花菜が足元に注意しながら人力車の座席に腰を下ろすと、一眞もその隣に乗ってくる。二人乗りだが座席が狭いので、肩と肩が触れ合った。

俥夫は二人に膝掛けを掛けた後、人力車を起こした。花菜の視界が上がる。思っていたよりも高い。

「見晴らしがいいですね！」

動きだした人力車の上ではしゃぐ花菜に、一眞が笑みを向ける。

「お大尽《だいじん》になった気分やね」

「確かに。華族のお嬢様になった気分です」

俥夫は桂川を背景に二人の写真を撮った後、嵐山のメインストリート、嵐山商店街に向かった。

嵐山商店街は混み合っていた。危なくないよう、倖夫が声をかけながらゆっくりと進む。天龍寺《てんりゅうじ》の前を通り過ぎ、ひときわ人が出入りしている小道を曲がると、目の前に竹林が見えてきた。

途中から人力車専用の通路に入り、再び倖夫が花菜のスマホで写真を撮る。

「ここは野宮《ののみや》神社っていいます。『源氏物語』にも出てくるんですよ」

竹林の中に建つ黒い鳥居の前で立ち止まると、倖夫はにこやかに説明した。

このあたりには、かつて、伊勢神宮にお仕えする斎王《さいおう》として選ばれた未婚の内親王や女王が、精進潔斎のために籠もる野宮があったそうだ。『源氏物語』の中には、斎王に選ばれた娘と共に野宮に滞在していた六条御息所《ろくじょうのみやすんどころ》を、光源氏が訪ねる場面が出てくるらしい。

花菜は相づちを打ちながら、倖夫の話に興味深く耳を傾けたが、一眞は既に知っている知識なのか、あまり表情を変えなかった。一眞の亡き母親は京都のガイドとして働いていたそうで、一眞も京都の観光地に詳しいのだ。

人力車は竹林を抜け、軽快に走った。松尾芭蕉《まつおばしょう》の弟子だった向井去来《むかいきょらい》の草庵跡だという落柿舎《らくししゃ》を過ぎると、二尊院まではすぐだった。

人力車専用の駐車場で降ろしてもらい、代金を払って、倖夫にお礼を言う。会釈《えしゃく》をしながらその場を離れ、二尊院の立派な総門に向かう。

「二尊院は、釈迦如来《しゃかにょらい》と阿弥陀如来《あみだにょらい》、二尊をお祀《まつ》りするお寺やねん」

総門をくぐりながら、一眞が花菜に話しかけた。

「極楽往生を目指す人を此岸《しがん》から送る『発遣《はっけん》の釈迦』、彼岸《ひがん》へと迎える『来迎《らいごう》の弥陀』。左右相称《そうしょう》の釈迦如来像と阿弥陀如来像は見応えあるんやで」

拝観受付で拝観料を払い、まっすぐに伸びる参道『紅葉の馬場』に入る。

嵐山商店街や竹林は混み合っていたが、ここまで訪れる観光客は少ないのか、境内は静かで落ち着いた雰囲気が漂っている。

「嵯峨野には、常寂光寺《じょうじゃっこうじ》っていうお寺と、厭離庵《えんりあん》っていうお寺もあるんやけど、二尊院も入れて、三つのお寺のどこかが、藤原定家が百人一首を選定した山荘のあった地やないかって言われてるんやって」

一眞に教えられ、花菜は「へえ！」と驚きの声を上げた。

（このあたりで百人一首は生まれたんだ。定家の時代も自然豊かな美しい場所だったんだろうな……）

満開の桜の木を見上げ石段を上りながら、遠い昔に思いを馳せていたら、一眞の視線を感じた。

振り向いた花菜に、一眞が微笑みかける。

「紅葉の季節も綺麗やし、その頃にも、また来てみようか」

「来てみたいです」

二人で見る、赤く染まったもみじは、今日の桜のように美しいに違いない。

＊

つい数週間前まで、あちこちで咲き誇っていた桜の花はすっかり散り、世間は大型連休に入っていた。

フロントガラスの向こうに広がる空は青く、初夏の訪れを感じさせる。

花菜と一眞は、一眞の友人でフリーカメラマンの飯塚圭司《いいづかけいし》に頼まれ、圭司が写真スタジオに勤めていた時の後輩だという、矢作史生《やはぎふみお》の自宅へ向かっていた。

史生には最近子供が産まれ、愛車のバイクを手放すことにしたらしい。それに伴い不要品が出たので、引き取ってもらえないかと圭司に相談したところ、一眞に話がまわってきたというわけだ。

史生の自宅は梅小路《うめこうじ》公園の近くらしい。自宅に駐車場はあるが、バイクと自家用車を置いていて、客人の車を停めるスペースがないのだと事前に話を聞いていたので、一眞は公園近くのパーキングに車を入れた。

歩いて史生の自宅に向かうと、先に時間を告げていたこともあり、三十代前半ぐらいの男性が家の前で二人を待っていた。花菜と一眞の姿を見つけ、愛想のいい笑みを浮かべ会釈をする。

「こんにちは。矢作さんですか？」

一眞が挨拶をすると、男性は、

「どうも。矢作です」

と右手を出した。

「進堂です」

一眞が史生の手を握り返す。

史生の視線が花菜に向いたので、花菜も、

「花菜です」

とお辞儀をする。

家の前の駐車場には、話に聞いていたとおり、自動車とバイクが置かれていた。赤と白と黒のカラーリングがスタイリッシュなバイクだ。よく手入れがされているのか、車体には傷一つなく、美しく輝いている。

「かっこいいバイクですね！」

花菜が思わずバイクを褒めると、史生は自慢げに答えた。

「そうでしょう！　乗りやすいし、よく走るいいバイクなんですよ。もう五年ぐらい乗ってまして、北海道や、四国、九州、あちこちツーリングに行きました。北海道は三回ほど行きましたし、そのうちの一回は結婚前に妻と一緒に一周をして……」

史生は、熱弁に驚いている花菜と一眞に気付いたのか、「あっ」という顔をして、頭を掻いた。

「すみません、熱くなっちゃって……」

「思い出のあるバイクなんですね」

一眞の言葉に、史生は感慨深い表情で「はい」と頷いた。

「でも、子供が産まれたのでね。バイクはしばらくお休みしようと思ったんです」

「お休みだとおっしゃるのなら、手放さなくてもよいのでは？」

一眞がそう言うと、史生は苦笑いを浮かべた。

「手元にあると乗りたくなるので。それに、誰にも乗ってもらえずに放っておかれたら、バイクも悲しむでしょう？」

寂しそうに愛車を撫で、史生は続けた。

「友人に譲ることにしました。今日の午後、取りに来てもらうことになってるんです。それで、進堂さんに引き取ってもらいたい物は、これなんですけど……」

史生は駐車場の隅に置いてあった長い袋を取り上げた。

「タープテントです。この駐車場、屋根がないので、バイクが濡れないように立てていたんですよ。友人はいらないって言ったので、捨てるのはもったいないし、保管する場所もないし、よかったら誰かに使ってもらってください」

「わかりました。ほな、貰い手を探してみます」

差しだされた袋を一眞が受け取る。渡す物はこれだけだと言うので、用事はあっという間に終わってしまった。

史生に会釈をし、駐車場を出る時に、花菜はバイクに呼ばれたような気がして、そっと車体に触れた。

(お疲れ様。新しい持ち主のところでも元気でね)

心の中でそう呼びかけたら、脳裏に美しい丘が見えた。

どこまでも続く緑の風景の中に、ライダースジャケットを着た史生と若い女性が立っている。

『史生君と一緒にこんなに綺麗な景色を見られて嬉しい』

女性が史生を見上げ、微笑む。

史生はジャケットのポケットに手を入れ、小さな箱を取り出した。その場に片膝をつき、箱の蓋を開けて、女性に差しだす。

箱の中を見た女性が目を丸くした。史生はまっすぐに女性を見つめると、丁寧に言葉を紡いだ。

『僕と結婚してほしい』

驚いていた女性の口元が次第に綻《ほころ》んでいく。

『ちょっと格好付けすぎじゃない？』

女性は、はにかんだ後、

『こんな私でよければ喜んで』

と答えた。

「花菜さん、行くで？」

名前を呼ばれて、花菜はプロポーズの場面から現実に引き戻された。

「あっ、すみません」

バイクから手を離し、急いで一眞の後を追う。肩を並べて史生の自宅を離れながら、先ほど垣間見たバイクに残る記憶を思い返す。

北海道の雄大な自然の中で、史生は恋人に結婚を申し込んだのだ。その光景を、あのバイクは見守っていたに違いない。

思い出の詰まったバイクを手放す決意をした史生の気持ちに、切なさと温かさを感じ、花菜は心から矢作夫妻と子供の幸せを祈った。

パーキングに戻り、車にタープテントを積み込むと、花菜と一眞は梅小路公園の京都水族館へ向かった。

もともと今日は、不要品の引き取りを終えた後、年間パスポートを持っていることでもあるし、水族館に行こうと決めていた。

館内に入り、まずはオオサンショウウオを見た後、先に進む。

青く美しい大水槽のエリアを抜け、ペンギンの展示へ向かうと、愛らしいケープペンギンたちの姿があった。

ペンギンにも、人間関係ならぬペンギン関係があるようだ。どの子とどの子が夫婦だとか破局しただとか、細かく記された相関図が掲示されていて、花菜は思わず見入ってしまった。

クラゲの展示も充実している。光で照らされた三六〇度のパノラマ水槽の中にミズクラゲの群れが漂っており、水槽の内側に入った花菜は、はしゃいだ声を上げた。

「綺麗！」

まるで自分もクラゲと一緒に海の中を泳いでいるように感じる。

「幻想的ですね、一眞さん」

声をかけながら振り向くと、クラゲを眺めていた一眞がこちらを向いて、

「そうやね」

と、目を細めた。

その様子がなぜか、儚《はかな》く遠く見えて、花菜は一瞬不安になる。

一眞が花菜に向ける視線はいつも優しい。好意を持たれている実感はあるが、距離を感じてしまうのはなぜだろう。

（遠慮されてる？）

一緒に暮らして既に何ヶ月になるというのか。当初はシェアハウスに住む友人のような関係だったが、今はもう違うのに。

一眞の真意がわからない。

（もともと、ミステリアスな人ではあるけれど）

近付いたと思ったら離れていく蜃気楼《しんきろう》みたいだ。

もやもやしていたら一眞が歩み寄って来た。

「どうしたん？　たくさんのクラゲに囲まれて怖くなった？」

自分はそんなに不安そうだったのだろうか。的外れな一眞の言葉に、花菜は拗ねた表情を浮かべる。

「どうもしません！」

なぜ花菜が不機嫌になっているのかわからないというように、一眞が困惑している。

ぷいっと背中を向けて歩きだした花菜を追ってきて、隣に並んだ。

「なんか怒らせた？　かんにん」

「怒ってないですっ」

「ほんまに？」

小さな声で一眞が確認する。顔を見上げたら、明らかにシュンとしている。その様子が可愛くて、八つ当たりをしていたことを忘れてしまう。

（ああもう、この人はずるいなぁ……）

そんな顔をされたら、機嫌を直すしかない。

「一眞さん、あっちにもまだまだクラゲがいるみたいですよ」

微笑んで通路の先を指差すと、一眞もほっとしたように笑った。

館内をゆっくりとまわり、全ての展示を見て、出口と記された自動扉をくぐると、その先はミュージアムショップになっていた。

文具、雑貨、ぬいぐるみ、お菓子などのお土産品が陳列されている。

オオサンショウウオをモチーフにした雑貨やぬいぐるみのコーナーがあり、花菜は興味を引かれて近付いた。棚に並べられ、こちらを向いている様々なサイズのぬいぐるみを見て思わず笑みが漏れる。

「つぶらな目が可愛いですね」

ふわふわのぬいぐるみは実物よりもデフォルメされていて、かなり可愛らしい。

花菜がオオサンショウウオのぬいぐるみを気に入っていると、一眞が棚から一匹引き抜いた。意外と体が長く、抱き枕に良さそうなサイズだ。

「一匹連れて帰ろうか。花菜さんを怒らせたお詫び」

「えっ、そんな、いいですよ！」

花菜は慌てて両手を横に振った。怒らせたといっても、一眞は何もしていない。花菜が勝手にむくれただけだ。

けれど一眞は「僕も欲しいし」と言って、さっさとレジへ向かって行く。

花菜が待っていると、一眞はトートバッグを手に戻ってきた。トートバッグから、ひょっこりとぬいぐるみが顔を出している。バッグの柄もオオサンショウウオのイラストだ。

「バッグも買ったんですか？」

「ううん。貰ってん。ＬＬサイズを買うと、これに入れてくれるんやって。荷物になるし、僕が持っておくわ」

「ぬいぐるみ、買ってくださって、ありがとうございます」

プレゼントに喜んでいる花菜を見て、一眞の口元も綻ぶ。

「お腹も空いたし、何か食べに行こか。すぐ近くに、おしゃれなカフェがあるねん」

京都水族館を出てぶらぶらと歩きながら、花菜は「去年の秋に来た時は、芝生広場で一眞が作ってくれたお弁当を食べたっけ」と懐かしく思った。

一眞が言っていたカフェは、公園に隣接するホテルの中にあった。大きなガラス窓から光が差し込み、開放的で明るい雰囲気だ。

カウンターで、花菜はホットサンドイッチとドリンクのセットを、一眞はキーマカレーを注文する。焼き上がりに少し時間がかかるとのことで、ブザーを手渡された。

「雰囲気のいいカフェですね」

店内は混み合ってはいない。ゆったりした気持ちで待っていると、ブザーが鳴った。一眞が受け取って来て、テーブルにトレイを置く。

「卵が半熟でおいしそう！」

花菜が選んだホットサンドイッチはクロックマダムだ。「いただきます」と手を合わせ、さっそく囓《かじ》ってみる。中に入っているのは半熟卵の他に、ハムとチーズとホワイトソースだった。

「王道の組み合わせって感じでおいしいです。そういえば、具を中に入れて包み込むという点では、おむすびとホットサンドイッチって似てるかも……」

花菜が何気なく口にした言葉に、スプーンでカレーを掬《すく》っていた一眞が意外な顔をした。

「言われてみれば、ほんまやね。いろいろ工夫できそうや」

「ツナマヨとかどうですか？　タラモサラダ、餡《あん》バターなんかもいいかも」

「ええね。おいしそうや。ホットサンドメーカーが欲しくなってきたわ」

二人で「ホットサンドイッチに入れるならどんな具材がいいだろうか」と、あれこれと考えてみる。

アイスフレーバーティーも、一眞に味見をさせてもらったキーマカレーもおいしく、花菜は満足しながら食事を終えた。

カフェを出た後、腹ごなしに歩こうということになり、公園内を散策する。遊具のある広場では、子供たちの明るい声が響いている。

歩道にはカラフルなタープテントが立てられ、その下で人々が何か販売をしている。物販のイベントでもやっているのだろうか。

梅小路京都西駅《うめこうじきょうとにしえき》前の七条入口《しちじょう》広場まで来て、イベントの内容がハンドメイドマーケットであることがわかった。

広場にも多くのテントが並んでいる。人出も多く、皆、思い思いに、店を見て回っている。

「楽しそう。寄っていってもいいですか？」

「もちろん」

花菜と一眞も、手前から順に店を覗いていった。

帯地で作られたバッグや、陶器のお皿やカップ、がま口の財布など、心惹かれる作品が多く、見ているだけでも楽しい。

一眞が足を止めたのは、写真雑貨の店だった。桜やネモフィラなどの花々や、電柱や自転車など街中の何気ない風景を切り取った写真を使い、クリアファイルやノートなどの文具を制作しているようだった。

ポストカードを見ている花菜の隣で、一眞が栞《しおり》を手に取った。観覧車の写真が使われている。

「それ、買うんですか？」

一眞は読書家だ。栞を選ぶあたりが彼らしい。

「うん。花菜さんも一枚どう？」

一眞がもう一枚栞を取り上げ、花菜に差しだす。黄色が鮮やかな菜の花の写真だった。花菜の名前から選んでくれたのだろうか。

栞を二枚購入して、写真雑貨の店を後にする。

途中で焼き菓子を買ったり、パンを買ったりしながら、イベント会場の端まで行くと、レジンアクセサリーの店があった。大学を卒業したばかりといった雰囲気の女性が、一人で店番をしている。他の店は軒並みテントを立てているのに、彼女の店にはない。花菜は、テントはイベント側が用意したものなのだろうと思っていたが、もしかすると、各店、自前のテントを持ち込んでいるのかもしれない。

遠目にアクセサリーを見ていたら、突風が吹いた。女性が慌てて机の上を手で押さえたが全てを押さえきれず、綺麗に並べられていたアクセサリーが飛ばされそうになる。花菜は急いで駆け寄ると、女性と同じように両手を広げてアクセサリーを庇《かば》った。一眞も花菜を追ってきて、巻き上がった敷布を摑む。

風が止むと、女性は顔を上げて、

「ありがとうございます」

と、二人にお礼を言った。

「今日、風が強くって、さっきから何度も作品が飛んでいきそうになるんです」

「お一人だと大変ですね」

花菜が心配すると、女性は「そうですね」と苦笑した。

「私、屋外のハンドメイドイベントに出店するの、これが初めてなんですよね。こんなに風が吹くものだと思ってなかったから、驚いちゃって」

話しながら、女性は、ぐちゃぐちゃに乱れてしまった陳列を直していく。

なんとなく花菜も手伝っていると、一眞も横から手を出した。

「いいですよ、放っておいてください」

客である二人に整頓を手伝わせるのを申し訳なく思ったのか、女性が急いで断る。

「風が強いのは大変だけど、お天気がいいのはよかったです。このイベント、雨でも中止にならないんですよ。私、まだテントを持っていないから、雨が降ったら出られなくなるところでした。今度出店する時までに買っておかなくちゃって思ってるんです。今日みたいに天気のいい日は紫外線も気になりますし、ずっと日光に当たっていると疲れちゃって……」

女性の話を聞き、花菜は一眞の顔を見上げた。一眞も、花菜の考えていることを察したように頷く。

不要品を引き取ったその日に、まさにそれを欲しがっている人に出会うなんて、この人に譲りなさいと、まるで神様が引き合わせたみたいだ。

「あっ、ごめんなさい！　お客さんに愚痴《ぐち》みたいなこと言っちゃった。イベント出店自体はすっごく楽しいんですよ！　お客さんが、私の作品を『可愛い』って言って買ってくれたら嬉しいですし。ただ、私の経験値が少なくて、今後はもっと工夫が必要だなって反省していたんです」

彼女はおしゃべりな性格なのだろう。接客も好きなのかもしれない。花菜たちが何も聞かなくても、あれこれと話してくれる。

一眞が「もしよかったら」と、女性に声をかけた。

「テント、差し上げましょうか？」

「えっ？」

きょとんとしている彼女に、一眞は続けた。

「実はさっき、知人から、いらへんタープテントを引き取ってきたところなんです。誰か使ってくれる人にあげてって言われまして。そやし、もし使わはるんやったら、貰ってくださると助かります」

一眞の申し出に、女性は「ええっ」と驚いた。

「私たち、色んな人たちから不要になった品々を引き取って、必要としている人にお譲りをしているんです。古物商をしているわけではないので、お金は貰っていません。よかったら使ってください」

花菜が補足した説明を聞いて、女性は「タダで貰うなんて、そんなの悪いです」と遠慮をした。

「SNSを活用して、貰い手を募集してるんです。こんなふうに」

一眞が『縁庵』のSNSを見せる。スマホの画面を覗き込んだ女性は、感心したように「へえ～！」と声を上げた。

「SNSで不要品の貰い手を探すなんて、面白いことやってるんですね。もし私がテントをいただかなかったら、募集をかけるんですか？」

「そうなりますね」

一眞の答えを聞いて、女性は気が変わったようだ。

「それなら、やっぱり私が貰ってもいいですか？」

「どうぞ」

間髪を入れずに一眞が答える。

「わぁ！　嬉しい。ありがとうございます！」

両手を合わせて、女性は感謝の意を示した。

「車に積んであるので、後で持ってきますね」

「すみません。ありがとうございます。――あっ、そうだ！　タダで貰うのは申し訳ないので、よかったら私のアクセサリー、一つ持っていってください」

女性が花菜を見ながら勧める。花菜は目で「どうしましょう」と一眞に問いかけた。

(図々しいかな？)

綺麗なアクセサリーなので、知らぬ間に物欲しそうな顔をしていたのだろうか。気を使わせてしまったのだとしたら、申し訳ない。

躊躇っている花菜に、女性がさらに声をかける。

「好きなの、選んでくださいね」

「こう言うてくれてはるんやし、いただいたらどう？」

一眞にも勧められたので、花菜は遠慮がちに尋ねた。

「それなら……いただいてもいいですか？」

女性が「どうぞどうぞ」と、手のひらでアクセサリーを指し示す。

花菜はあらためて長机に目を向けた。透明なレジンの中にドライフラワーが閉じこめられたイヤリングやネックレスは、乙女心をくすぐられるデザインだ。

かすみ草が入れられた球体のネックレスが気になり、手に取ると、一眞が、

「花菜さんに似合いそうやね」

と微笑んだ。

「そうですか？」

胸にネックレスを当ててみた花菜に、女性も太鼓判を押す。

「お姉さんの雰囲気に合ってますよ！」

二人にそこまで言われるのならと、花菜は球体のネックレスを貰うことにした。一眞に「せっかくやから、着けていったら？」と勧められたので、さっそく首に掛ける。

「思ったとおりや。花菜さんの顔立ちに、よう似合うてる。可愛いで」

一眞に手放しに褒められて照れくさくなった。

恥じらう花菜を見て、女性もにこにこしている。

「私、自分が作ったアクセサリーで、女の人を可愛くしたいんです。今はまだイベント出店を始めたばかりだけど、これからどんどん参加して、たくさんの人に手に取ってもらえたらいいなって思ってます。ゆくゆくは、アクセサリー作家として生計を立

てていきたいなって、壮大な夢を持ってます！　……壮大なんて、ちょっとオーバーですかね？」

瞳を輝かせて目標を語る女性を見て、花菜は憧れの気持ちを抱いた。

（素敵な人だな）

彼女が作るアクセサリーのように、きらきらとした笑顔が眩しい。

花菜はこの場に残り、一眞は一旦イベント会場を出ると、車にタープテントを取りに行った。

しばらくして戻って来た一眞から、テントを受け取った女性は、跳び上がらんばかりに喜んだ。

「ありがとうございます！　たくさん活用しますね！」

何度もお礼を言う彼女に手を振って別れ、再びパーキングへ向かいながら、花菜は一眞に話しかけた。

「先ほどの作家さん、素敵でしたね。自分のやりたいことが明確で、行動にも移されているのってすごいと思います」

「そうやね」

一眞は、感心する花菜に相づちを打った後、何気ない口調で、

「花菜さんは夢ってある？」

と尋ねた。

思いがけない質問をされて、花菜は目を瞬かせた。

「夢……ですか？」

そんなこと、考えたこともなかった。

高校生の時に母が亡くなり、一人ぼっちになった花菜は、生きることだけで精一杯だったから……。

黙り込んだ花菜に、一眞が優しく声をかける。

「花菜さんに何かしたいことができたら、遠慮なく言うてな。応援するし」

「……考えてみます」

そうは答えたものの、すぐには思いつきそうになかった。

梅小路公園の出口に向かって歩く。何人もの親子連れとすれ違った。元気いっぱいに走って行く男の子の姿を何気なく目で追っていた花菜は、ふと視線を感じた気がして足を止めた。

「……？」

幼児を乗せたベビーカーを押す若い母親、楽しそうにおしゃべりをしている女子中学生三人組、ブリーフケースを持ったジャケット姿の中年男性が花菜の横を通り過ぎる。こちらに注意を向けている人はいない。

「花菜さん、どうしたん？」

立ち止まっている花菜に気が付き、一眞が振り返った。

「あっ、なんでもないです」

きっと気のせいだろう。

花菜は一眞のもとへ駆け寄ると、再び肩を並べた。


一眞と「おやすみなさい」と挨拶を交わし、自室に入った花菜は、布団を敷きながら今日の出来事を思い返した。

午前中は不要品を引き取りに行き、その後は京都水族館を見学。おしゃれなカフェでランチをして、午後はハンドメイドイベント会場をまわった。

思いがけないご縁で、引き取ったばかりのタープテントはすぐに貰い手が見つかったし、上々の一日だったと思う。

部屋の中には、一眞が買ってくれたオオサンショウウオのぬいぐるみが横たわっている。花菜はそれを取り上げると、ぎゅっと抱いた。柔らかな感触に癒やされる。

ぬいぐるみを抱いたまま布団に潜り込む。やはり抱き枕としてちょうどいいサイズだ。

隣の部屋の一眞を想う。もう彼は眠っただろうか。

しばらくの間、花菜は暗闇を見つめていたが、次第にうとうとしてきて、深い眠りに落ちていった。

第二章　僕には君が必要

『縁庵』の戸が開き、客の帰ったテーブルを片付けていた花菜は顔を上げた。

「いらっしゃいませ。あっ、鶴田《つるた》さん！」

「よお！」と気さくに片手を上げたのは、一眞の高校時代からの友人、鶴田友樹《ゆうき》だ。今日はきっちりとしたスーツ姿で、手にはビジネスバッグを持っている。

「花菜ちゃん、元気だったか？」

「はい。鶴田さんはお仕事中ですか？」

歩み寄って尋ねると、友樹は「営業で外回りの途中」と答えた。

「近くまで来たから、カズの店で昼飯を食べていこうと思って寄ったんだ」

「そうだったんですね。カウンター席でいいですか？」

「どこでもいいよ」

花菜が友樹をカウンターテーブルに案内すると、キッチン内で忙しく調理をしていた一眞が顔を上げた。

「ユウ、久しぶり」

「忙しそうだな」

「まあね。何にする？」

「おむすびランチセット」

「了解」

短い会話を交わす二人を見て、花菜は「相変わらず、仲が良いなぁ」と和んだ。

片付け途中だったテーブルを急いで綺麗にすると、花菜は一眞の手伝いをするためにキッチンに入った。

作り置きをしてあった切り干し大根の煮物と、インゲンの胡麻和えをトレイに載せ、味噌汁をお椀によそう。

「花菜さん、カレイももう焼けてると思う」

確認すると、一眞の言ったとおり、カレイの西京焼きは良い色合いになっていた。

花菜がカレイを皿に載せている隣で、一眞が手早くおむすびを握る。今日は、辛子明太子のおむすびと、梅としらすのおむすびだ。

ほうじ茶を添えてランチセットを運ぶと、友樹は、

「おお、うまそう！」

と、目を輝かせた。

「いただきます！」

西京焼きを箸でほぐして口に運ぶ。

「やっぱり西京焼きと米は合うな」

おむすびを食べながら満足げな表情をしている友樹を見て、花菜は嬉しくなった。

(今日の和定食も好評で良かった)

一眞の作るご飯をおいしそうに食べているお客様の姿を見ると、花菜までが幸せな気持ちになる。

「そういや、新婚生活、どう?」

食事を続けながら、友樹が花菜に問いかけた。

「えっと、どうっていうのは……」

不意打ちの質問になんと答えていいのか迷っていると、花菜が恥ずかしがっているとでも思ったのか、友樹がにやりと笑った。

「もう一緒に住んで九ヶ月近くになるんだし、今さらって感じ?」

「うーん……そうですね……」

花菜は曖昧に微笑んだ。友樹の言う新婚生活期間に、契約結婚の同居期間もプラスされているのだと察する。

一眞は、花菜と同居を始めた当初、親友の友樹にも「花菜と結婚した」と嘘をついていた。一眞がつらい失恋を経験していることを知っていた友樹は、二人の嘘の結婚を信じ、孤独だった一眞がようやく幸せを摑んだのだと、心から喜んでいた。

その後、正式に花菜と籍を入れ、初めて嘘をついていたことを謝罪した一眞に、友樹は呆気に取られていたが、怒ることはなく、あらためて祝福してくれた。

「仲良くやってますよ」

花菜がそつなく答えると、友樹は一瞬真顔になった。小声で花菜に尋ねる。

「カズに何か不満があるなら、俺が代わりに言ってやろうか？」

「えっ」

友樹の言葉に、花菜は動揺した。

(私、一眞さんに不満があるような顔をしていたの？)

慌てて両手を横に振り、友樹と同じく小声で返した。

「別に、不満なんてありません。一眞さんはいつも優しいです」

「そうか？　……ならいいんだけどな」

腑に落ちない表情を浮かべる友樹の視線を避けるように、花菜はピッチャーを手に取った。カウンターを離れ、奥のテーブルへ足を向ける。

背後で友樹が一眞に、

「カズ、お前、よかったら今度――」

と話しかける声が聞こえた。振り返ると、一眞と友樹が何やら会話をしている。

(なんの話をしてるのかな。……もしかして、私の話、とか？)

友樹は、先ほど花菜に聞いたように、今度は一眞に同じことを尋ねているのだろうか。

気になったものの、花菜はお冷やを足しに各テーブルをまわった。

しばらくして、花菜がカウンターに戻ると、入れ替わるように友樹が立ち上がった。

「そろそろ行くよ。十三時半からアポがあるんだ。じゃあ、またな。カズ。花菜ちゃん」

「うん、また」

一眞が軽く手を振る。花菜は先回りしてレジへ行くと、友樹から伝票を受け取り会計をした。

「ありがとうございました。またいらしてくださ い、鶴田さん」

戸を開けて、店の前で友樹を見送る。

（今朝は晴れていたのに、なんだかどんよりしてきたみたい……）

空にはいつの間にか一面に雲が広がっていた。

（そういえば朝の天気予報で、午後から雨模様になるって言ってたっけ）

ランチタイムが過ぎ、カフェタイムに入ると、客の出入りも少なくなり、『縁庵』の店内にはゆったりとした時間が流れだした。

ざあっという音が聞こえたので戸を開けて外を覗いてみると、雨が降り始めていた。

雨足は強く、道行く人々が慌てたように折りたたみ傘を開いたり、軒下に避難したりしている。

『縁庵』の軒下にも、一人の男性が駆け込んできた。歳の頃は五十代前半。穏やかで真面目そうな雰囲気の人だ。カジュアルなジャケットを羽織り、手には小さなボストンバッグを提げている。一人旅の旅行者だろうか。

花菜と目が合い、男性は一瞬ばつの悪い顔をした。雨宿りに人様の家の軒先を借りてしまったと、申し訳なく思ったのかもしれない。

男性はすぐに、黒板のカフェメニューに気が付き、

「すみません、こちらのお店で雨宿りをさせてもらってもいいですか？」

と、花菜に向かって尋ねた。

「どうぞ。お席は空いています」

花菜は微笑んで、男性を招き入れた。

『縁庵』に入った男性は店内の様子を見て目を丸くした。小さな声で「古道具屋？」とつぶやく。初めて『縁庵』を訪れたお客様ならではの反応に、花菜は微笑んだ。

「オーナーの趣味のようなものなんですけど、人から不要品を引き取って、欲しいっていう人に譲ってるんです。ここにある品々は、誰かが『いらない』といって持ち込んだ物ばかりです。お代金はいただいていませんので、お客様も何か欲しい物があれ

ば持って帰ってくださっていいですよ」

花菜の説明に、男性が驚いた顔をする。

「趣味でそんな面倒くさいことを？　オーナーさんにメリットはあるんですか？」

「たまにお礼のお菓子をいただいたりしますけど、それぐらいですね。オーナーはお人好しなんです。――こちらのお席にどうぞ」

花菜は男性を二人席に案内した。

ボストンバッグを片方の椅子に乗せ、もう片方の椅子を引いて腰を下ろそうとした男性は、ふと壁際の本棚に目を向けた。

「本……たくさんありますね。これも不要品の一部ですか？」

「そうですね。古書を持ち込まれる方も多くて、すぐに溜まってしまうんです。時々、近所の古書店さんに買い取りに来ていただくんですけど、びっくりするような値段が付く本も、たまに交じっていたりするんですよ」

以前、馴染みの古書店『千鯉堂』に古書の買い取りをお願いした時、買い取り価格が非常に高かったことがあった。店主の千里瀧雄《せんりたきお》に理由を聞いてみたら、知る人ぞ知る写真家の写真集が交ざっていたらしい。瀧雄に「一般的には有名やないけど、マニアには人気の写真家やで」と教えてもらい、花菜も一眞も驚いた。何気なく交じっている古書の一冊が、実はお宝だったりするのだから面白い。同時に、無知の怖さも知った出来事だった。

男性は花菜にコーヒーを注文した後、本棚から一冊の文庫本を手に取った。『縁庵』に来るお客様の中には、「昔、これ読んだことがある！」と言って古書を手に取り、懐かしそうにページをめくる人も多いが、男性も思い出の本を見つけたのだろうか。

花菜はキッチンに戻ると、抹茶パフェを作っている一眞の隣でホットコーヒーを淹れ始めた。

「花菜さん。そろそろ予約のお客さんが来はる頃やと思うから、よろしく。平原《ひらはら》さんっていう人やし」

一眞に声をかけられ、フィルターにお湯を注いでいた花菜は手を止めて、「予約？」と首を傾げた。

そういえば昨夜、「ＳＮＳを見たお客様から、不要品を持ち込みたいって連絡があってん」と、一眞が話していたような……。

「不要品持ち込みのお客様がいらっしゃるんでしたっけ？　何を持ってこられる予定なんですか？」

「インクって言ってはったよ」

花菜が尋ねると、一眞がさらっと答えた。

「インク？」

「うん。万年筆とかに使うインクみたいやで」

一眞と話していると『縁庵』の戸が開いた。小柄でおとなしそうな女性が、店の中を覗き込み、きょろきょろしている。歳は四十代前半といったところだろうか。手には大きな紙袋を提げている。

「いらっしゃいませ。少々お待ちください」

花菜はカウンターから顔を出すと、女性に声をかけた。

淹れ終えたホットコーヒーと、一眞の作った抹茶パフェをトレイに載せる。庭に面した席に座るお客様に抹茶パフェを運んだ後、先ほどの男性にホットコーヒーを持っていく。

「お待たせしました。ホットコーヒーです」

カップを置きながら男性に声をかけた花菜は、文庫本をめくる彼の表情を見てドキッとした。

男性は空一面に広がる鈍色の雲のように暗く沈んだ顔をしていた。今にも彼の目から、涙という名の雨粒が零《こぼ》れ落ちてくるのではないかと思うほどの危うさが漂っている。

（どうされたのかな？）

尋常ではない様子が気にかかりながらも「ごゆっくりどうぞ」と声をかけ、戸のそばで待つ女性客のもとへ歩み寄る。

「お待たせしました」

女性客は花菜が声をかけると緊張した面持ちで会釈をした。

「私、平原といいます。SNSで、こちらのお店が不要品の引き取りをやってらっしゃるって知って、ご連絡したのですが……」

「オーナーから伺っています。こちらへどうぞ」

花菜は平原を、コーヒーを飲む男性の隣のテーブルに案内すると、急いでキッチンに戻り、一眞に声をかけた。

「一眞さん、平原さんがいらっしゃいました」

一眞が頷いて、キッチンから出てくる。

花菜は水の入ったグラスをトレイに載せて、一眞の後についていった。平原が持ち込んだインクが、どのようなものなのか興味がある。

歩み寄って来た一眞を見て、平原が会釈をした。

「初めまして。僕がオーナーの進堂一眞です。こちらは妻の花菜」

一眞が自分と花菜を紹介すると、平原も再度「平原です」と名乗った。

「お話ししていた品物は、このような物でして……」

平原は傍らに置いていた紙袋を膝に載せると、紙箱を取り出し、テーブルに載せた。

彼女が蓋を開けた箱の中には、様々な形と色の小瓶がぎっしりと詰め込まれていた。

「品物はインクだとお聞きしていましたが、たくさんありますね」

一眞が感心したように、小瓶を一つ手に取る。ぽってりとした四角いガラス瓶には丸い蓋が付いていて、中には黒に近い色のインクが半分ほど入っていた。ラベルには『勿忘草《わすれなぐさ》』と書かれている。色の名前だろうか。

「これって、万年筆のインクですよね。インクが好きで、集めていらっしゃったんですか？」

花菜が尋ねると、平原は「ええ」と頷いた。

「私が使っていたのは万年筆ではなくて、ガラスペンだったんですけどね」

「ガラスペン？」

首を傾げた花菜に、一眞が説明をしてくれる。

「軸の先端にガラス製のペン先が付いた繊細な筆記具やね。ペン先には溝《みぞ》が付いていて、毛細管現象でインクを吸い上げる仕組みになってるねん」

「おっしゃるとおりです」

一眞の言葉に、平原が頷く。

「作家さんが手作りしているガラスペンって、すごく綺麗なんですよ。まるで魔法のアイテムみたいで、心がときめくんです」

「割れたり、書きにくかったりしないんですか？」

文字を書く力加減が難しそうだと思って聞いてみたら、平原は花菜に苦笑を向けた。

「力を入れすぎたり、落としたりしたら割れますね」

「やっぱり」

日常的に使うには、難易度の高い筆記具のようだ。けれど、魔法のアイテムのようだというペンが一体どんな書き心地なのか、興味が湧いた。

「私も、最初の頃は慣れるまで時間がかかったんですが、うまく扱えるようになると楽しくて。ガラスペンはインクを洗うのが簡単なので、万年筆よりも気軽に色んな色が楽しめるんです。気が付いたら、インクがどんどん増えてました」

平原が一つ一つテーブルの上に並べていくインクの色は、赤系や、黄系、緑系とカラフルだ。色の名前も、有名画家の名前や、オノマトペ、鳥の名前など、乙女心をくすぐられる言葉が付けられている。

「こんなにたくさん集めてはったのに、手放さはるんですか？」

不思議そうに一眞が尋ねる。インクの中身は、減っている物もあれば、かなり残っている物もある。

平原は寂しい微笑みを浮かべた。

「しばらく使っていなくて……。ボトルインクの使用期限は三年ぐらいって言われています。インク内の水分が蒸発して、濃度が濃くなってしまうんですよ。そうなったインクを万年筆に入れると詰まりやすくなるんです。ガラスペンだと、そこまではないですが……。このインク、どれももう開けてから年月が経っていて、使いにくくなっているかもしれないけれど、捨てるのはもったいないし、それでもいいっていう人がいたら譲りたいなって思ったんです」

「差し支えなければ、どうして使わへんようになったのか、教えてもらえませんか?」

一眞が、平原の向かい側の椅子に腰を下ろした。

落ち着いて事情を聞こうとする一眞の姿勢に、花菜は嬉しくなった。

『縁庵』に持ち込まれる不要品の中には、持ち主のかけがえのない思い出が込められている物もある。様々な理由で手放されるそれらの品々を、花菜はできるだけ、大切に引き継いでくれる人に貰ってもらいたいと願っていた。

一眞は以前「物は所詮、物でしかない。どんな思い出が詰まっていようとも、他人には関係ない」という考えを持っていたが、花菜の「物に思い出が見える」という能力を知ってからは、花菜の気持ちを尊重してくれている。

平原が遠い目をする。格子窓の外で降り続く雨の音を聞くように、少しの間黙った後、

「大好きな小説家さんがいたんです」

と話し始めた。

「私、新卒で入った会社でパワハラを受けたんです。自分が駄目な人間で誰からも必用とされていない気持ちになって、心を病んでしまいました」

思いがけず重い話になり、花菜と一眞は神妙な面持ちで平原の言葉に耳を傾けた。

「友達は私のことを心配してくれて『大丈夫？』とか『相談に乗るよ』とか言ってくれたんですけど、それが全てマウントに聞こえて、誰も信じられなくなってしまって……。そんな時、ふと入った書店で一冊の本が目に入りました。雨の中に佇む女性のカバーイラストで、その女性がなんだか人生に迷っている私みたいに思えて手に取ったんです」

平原が静かな声で続ける。

「女性を軽んじる社風の企業で働いて、私と同じように心を病んでしまったヒロインの話だったんですけど、自分に価値がないと思い込んでいる彼女を恋人が支え続けるんです。自己卑下したり、気が高ぶって時に恋人に暴言を吐いたりする彼女のそばに、彼はずっと居続けるんです。無気力で動けなくてベッドに横になる女性の手を取って、恋人が『世界は君を否定していない。君は君という唯一の存在だ。僕には君が必要だ。お願いだからいなくならないで』って言うシーンで、私、泣いちゃって。『そうか、私は私という唯一の存在で、世界は私を否定してはいないんだ』って思ったら、誰にも認められていないっていう焦りが、ふうっと消えたんです。誰かに認めてもらわなくても、私が私を認めたらいいんだって、私は決して誰かに虐《しいた》げられていい存在じゃないんだって、その作品を読んで気が付きました」

ふわりと、平原が微笑んだ。

「作中でヒロインが恋人に向けて、感謝の手紙を綴《つづ》る場面が出てくるんですけど、その時に使っていたのがガラスペンなんです。終章で二人は、そのガラスペンを使って、勿忘草色のインクで婚姻届にサインするんです。勿忘草って『誠の愛』っていう花言葉があるんですって。その場面がもう本当に泣けて。だから私も勿忘草色のインクで著者に気持ちを伝えたくなって、作中に出てくる物と同じようなガラスペンとインクを探しました。それから、その著者の新刊が出るたびに、作品をイメージした色のインクを買って、ファンレターを送っていたんです。でも――」

「新刊が出なくなった」

一眞が言葉を継ぐと、平原は「なぜわかったのか」と言うように一瞬目を見開いた後、寂しそうに頷いた。

「はい。コンスタントに刊行されていたのが、ぱったりと止まってしまったんです」

「そやし、ファンレターを書くこともなくなり、インクもいらなくなった……と」

「それって！」

花菜は思わず一眞と平原の会話に割り込んだ。

「執筆をお休みしているだけかもしれないじゃないですか！　何かの都合で書けないだけかも……。平原さんはファンを辞めてしまうんですか？」

自分の人生を変えた作家を見捨ててしまうのかと花菜は身を乗り出したが、平原は「いいえ」と首を横に振った。

「ファンは辞めません。手元にガラスペンは残しています。あの人の新刊が出たら、必ず読もうと思っています。そして新しいインクを買って、また手紙を書きます」

「あ……」

平原の想いを疑い、一瞬でも悲しさと怒りを感じたことを、花菜は恥じた。

「一つお聞きします」

「なんでしょう？」

平原が質問をする一眞に目を向ける。

「その本、最後のページに挿絵が付いていませんでしたか？」

「ええ。付いていました。青空の下で結婚式を挙げるヒロインと恋人のイラストでした。よくご存じですね」

「たぶん僕も、その本を読んだことがあります。いいお話ですよね。――このインクは大切に預かります」

一眞が微笑むと、平原は同好の士を見つけたように嬉しそうに笑った。

平原は出していたインクを丁寧に箱にしまった。

名残惜しそうな平原が気持ちの整理をつけるまで、そっとしておくのがいいだろう。

隣のテーブルから僅かに鼻を啜《すす》る音が聞こえたので振り向いて見ると、『縁庵』に雨宿りに入った男性が目頭を押さえていた。こちらの会話を聞いて、もらい泣きをしたのだろうか……。

花菜と一眞は、二人の心情を慮《おもんぱか》って静かにその場を離れ、仕事に戻った。接客をしたり、料理を作ったりと、再び忙しく立ち働いた。

しばらくして、平原が帰り支度を始めた。インクの箱を手に席を立ち、カウンターテーブルを拭いていた花菜に声をかける。

「これ、よろしくお願いします」

「はい、お預かりします」

花菜は差しだされた箱を丁寧に受け取り、頷いた。

会計を終え、何度も会釈をして『縁庵』を出て行く平原を見送った後、花菜はカウンター越しに、キッチンにいる一眞に声をかけた。

「このインク、よい方に貰ってもらえるといいですね」

一眞が「うん」と同意する。

「そうやね。今日、店を閉めた後に写真を撮ってSNSに載せてみようか」

「そうですね」

一眞は引き取った不要品を『縁庵』の名前で取得しているアカウントでSNSに投稿し、貰い手を募集している。結構なフォロワー数があり、人気の物はすぐに貰い手が見つかる。

「インクって綺麗ですね。色んな色があって楽しそう。ちょっと使ってみたいかも」

箱を覗く花菜に、一眞が、

「ほんなら、そのインク、花菜さんが使う？」

と提案する。

「ガラスペン、買うてあげようか？」

「繊細なペンなんですよね？　私に使えるかな。壊してしまいそう」

「花菜さんなら大丈夫やろ？」

「案外、筆圧が強いんですよ、私」

二人でおしゃべりをしていたら、不意に背後から声をかけられた。

「あの……すみません」

「はい？」と返事をして振り向くと、先ほど平原の話を聞いて涙ぐんでいた男性が立っていた。少し目が赤いが、もう泣いてはいない。

「そのインク……誰かに譲りたいとおっしゃっているのが聞こえてきたのですが……一つ、僕がいただいてもいいでしょうか……？」

遠慮がちに頼まれて、花菜は目を瞬かせた。一眞に視線を向けると、一眞は優しい表情を浮かべ、

「かまいませんよ。お好きな色をどうぞ」

と、答えた。

「では……」

男性は花菜が差しだした箱から、迷いなく『勿忘草』のインクを手に取った。

「これをいただきます。――僕も手紙を書こうと思います。大切な人にお礼の手紙を」

万感の想いを込めたように男性はつぶやくと、ボストンバッグの中に丁寧にインクをしまった。

男性が『縁庵』を出て行き、彼が座っていた席を片付けに向かった花菜は、テーブルの上を見て「あっ」と声を上げた。

そこに残されていたのは、雨の中に佇む女性が描かれたカバーイラストの文庫本だった。

「これって……」

手に取って最後のページをめくる。一眞と平原が言っていたとおり、結婚式の挿絵が付いていた。

「平原さんが話していた本、うちにあったんだ」

古書はたくさん持ち込まれるので、機械的に本棚にしまっている。一冊一冊確認していないので、気が付いていなかった。

(さっきのお客さん、この本を読んだことがあったのかな)

だから余計に平原の話が胸につまされたのだろうか。

ぱらぱらとページをめくっていたら、一眞が近付いてきた。

「花菜さん」

名前を呼ばれて振り向く。

「一眞さん、これ……」

一眞に文庫本の表紙を見せると、一眞はこの本の存在を知っていたのか「うん」と頷いた。

「この本、僕も好きやねん。二階の僕の部屋にもあるよ」

古書を引き取ったり譲ったりしているものの、一眞自身は書店で新本を買うほうが好きらしい。一眞の部屋には大きな本棚があり、花菜も時折、彼の蔵書を借りている。

「北見兵吾《きたみひょうご》っていう作家さんの作品やね。あまり売れてる人やないけど、いい作家やで。しばらくスランプで書けてはらへんって聞いたことがある」

「スランプ……そうだったんですね」

小説を書いた経験のない花菜には想像がつかないが、ゼロから物語を生み出す作業は、心身を削るような感覚を抱くものなのかもしれない。

「さっき、ここでコーヒー飲んではったお客さん、北見兵吾先生やったんやないかな」

一眞が思いがけないことを言い出し、花菜は目を丸くした。

「えっ？　本当に？」

「昔、ネットの記事でご本人の写真を見たことがあるねん。何年前やったかな……」

エプロンのポケットからスマホを取り出し、一眞が検索をする。

「ああ、あった。この記事や」

差しだされた画面を見ると、穏やかな風貌の男性の顔写真と、インタビュー記事が掲載されていた。

「今から八年ほど前の記事やね」

「この写真よりお歳を取ってらっしゃいましたが、確かに先ほどの方ですね……」

不要品として本棚に並んでいた自分の本を見つけ、北見兵吾はどんな気持ちを抱いたのだろう。

（私、失礼なことを言ってしまった……）

反省し、落ち込む花菜の肩を一眞が叩く。

「きっと北見先生は、平原さんの言葉に救われはったと思う。あれだけ自分の作品を想ってくれるファンがいるって、すごく勇気づけられることと違う？」

「もしかして、北見先生がインクを持って帰られたのって、平原さんにお返事を書くため？」

花菜の推測に、一眞が頷いた。

「そうかもね」

『世界は君を否定していない。君は君という唯一の存在だ。僕には君が必要だ』

花菜は先ほど、平原が口にした一文を思い出した。スランプに陥っている北見に、かつて自分が書いたその言葉は、どう響いたのだろうか。

（きっとまた新作を書いてくださるよね）

花菜は文庫本をエプロンのポケットに滑り込ませると、テーブルを片付け始めた。

＊

人待ち顔で四条河原町《しじょうかわらまち》の家電量販店の前に立っていた一眞は、親友の鶴田友樹の姿を見つけ、軽く片手を上げた。

「ユウ」

「おお、カズ！　待たせたか？」

横断歩道を渡ってきた友樹が、大股で歩み寄ってくる。

一眞と友樹は、今日、一緒に焼き肉ランチを食べに行く約束をしていた。先日、友樹が営業の外回り中に『縁庵』に立ち寄った時、話の流れで「久しぶりに外でメシでもどう？」と誘われたのだ。

四条河原町は今日も人通りが多い。観光客らしき外国人グループが、二人の前を通り過ぎていく。

家電量販店に入り、エスカレーターへ向かいながら、友樹が、

「忙しいのに誘って悪かったな」

と謝った。

「かまへんよ。今日は花菜さんも留守やし、不要品の引き取りもないし、暇やったから」

花菜は、親友の土居《どい》いずみと一緒に、大阪へ朗読劇の舞台を見に行っている。当初チケットの値段に怯んで迷っていた花菜に、「せっかくやし、行っておいで。チケッ

ト代なら、僕が出したげるし」と勧めて、いずみの誘いを了承させた。

（花菜さん、えらく遠慮してたけど、そんなん気にしぃひんと、楽しんできてくれたらええな）

日頃『縁庵』で頑張っている花菜に、羽を伸ばしてきてもらいたい。

本音を言えば、花菜のいない一日は、少し……いや、かなり寂しくはあるのだが。

（こっちはこっちで、男同士、楽しくやればええか）

八階まで上がり、予約していた焼き肉店に入る。案内された席は窓際で、眼下に河原町通がよく見えた。

生ビールを注文し、「乾杯」とグラスを合わせる。

「昼間から飲むビールは最高だな！」

唇に泡を付けて、友樹が笑う。

焼き肉ランチのサラダとワカメのスープが運ばれてきた。レタスを口に運びながら、一眞は、

「希実《のぞみ》さんと竜之介《りゅうのすけ》君は元気にしてはる？」

と尋ねた。

「竜之介の元気があり余ってるから、希実がよく植物園に連れて行ってる。俺も休みの日は一緒に行ってるよ」

「家事は手伝ってるん？」

「できるだけ手伝ってるけど、料理はやっぱり苦手だな。気を抜くと、チャーハンばかりになる。料理上手なお前が羨ましいよ」

「職業やし」

一眞が笑うと、友樹も「そりゃそうか」と言って笑った。相変わらず家族仲が良さそうで微笑ましい。

「ほな、今日は僕に付き合ってもろて申し訳なかったね」

「いや、もともとは俺が誘ったんだから気にするな。今日は希実が竜之介を連れて実家に帰ってるんだ。前からお義母さんと約束してたみたいでな」

どうやらお互いに、妻が留守だということか。

たあいない話をしていると、店員が牛舌を持ってきた。トングで摘《つま》んで焼いている間に、他の部位も運ばれてくる。綺麗なサシが入った牛肉は、見るからにおいしそうだ。

いい具合いに焼けた牛舌にレモンを絞り、友樹が一口に頬張る。

「うまっ！」

「ほんまやね」

三角バラやサーロインも焼き、柔らかな肉に口福《こうふく》を感じていると、

「ところでさ」

友樹があらたまった口調で問いかけた。

「この間、店に行った時にちょっと気になったんだが、お前、花菜ちゃんとどうなってるんだ？」

「どうって？　仲良くしてるで」

一眞は涼しい顔で答える。一眞の回答に満足しなかったのか、友樹はさらに続けた。

「仲が良いのは見ていてわかる。でも、俺にはなんだか、お前が花菜ちゃんに距離を取ってるように感じるんだよな」

「…………」

さすが親友と言うべきか、友樹の鋭さに、一眞は内心で舌を巻いた。

「なんでそう思ったん？」

友樹は考え込むように天井を見つめた後、

「……勘？」

と、答えた。

「鋭すぎひん？」

苦笑いを浮かべる一眞に、友樹は真面目な表情を向ける。

「契約結婚を引きずってるのか？　申し訳ないと思ってるとか？」

友樹には花菜と籍を入れた後、花菜との結婚生活は、当初、一眞が無理をお願いし、妻のフリをしてもらっていた嘘の結婚生活だったのだと告白した。友樹は心底呆れていたが、「まあ、結果的にうまくいったんならいいんじゃないか?」と言ってくれた。「俺には本当のことを話してくれてもよかったのに」と恨み言も言われたので、一眞は「騙《だま》していてごめん」と心から謝罪した。

今もまた嘘をついて誤魔化したら、今度こそ友樹に絶交されそうな気がする。

一眞は小さく溜め息をついた。

「……申し訳ないと思ってる。ほんまに花菜さんと結婚してよかったんかなって……。花菜さんは僕のことを好きやって言うてくれたけど、それって本当なんかな? しばらく一緒に暮らして、情を持ってくれただけと違うんやろか……」

コンロの上に視線を彷徨わせた後、一眞は顔を上げて、

「だって、考えてみ? 僕と花菜さん、九も歳が離れてるんやで? 同級生のいずみさんは大学生や。花菜さんだって本来なら大学に通って、楽しい学生生活を送れるはずやねん。これからまだまだ可能性があって、未来があって、好きなことができるはずやねん。僕よりももっと若い良い男と出会って、恋愛だってするかもしれへん。僕みたいなしょうもない年上の男に騙されたらあかんと思うねん!」

押さえていた気持ちを吐き出すように一気にそう言い、膝の上でこぶしを握った。

一眞の勢いに友樹はぽかんとしていたが、

「お前なぁ……」

と、頭を掻いた。

「花菜ちゃんの何を見て、そんなこと言ってるんだ？　花菜ちゃんがどれだけお前のことを想ってるかなんて、他人の俺でもわかるのに。てか、そもそも、もう結婚してるだろうが。『もっと若い良い男と出会って、恋愛だってするかも』って、そうなった時に、お前は花菜ちゃんと別れるつもりなのか？」

「……嫌や。別れへん」

一眞は駄々っ子のように頭を横に振った。

「なら、しょうもないことを言うな」

「……ほんまに、花菜さんは僕のことを想ってくれてるんかな？」

頼りない顔で確認する一眞に、友樹が勧める。

「そんなに心配なら、本人に聞けばいいだろ？」

「花菜さんのほうから、やっぱり離婚したいって言われたら、どうするん？」

「はぁ？」

心底呆れた表情で友樹は溜め息をついた。

「お前、そんなに花菜ちゃんのことを信じられないわけ？」

「そういうわけやないけど……」

一眞は弱ったように視線を反らすと、ぼそぼそとした声で続けた。

「花菜さんには情けないところを見せたし、実際、情けないし、いつか愛想を尽かされたらどうしようって……花菜さんが僕の前からいなくなったら耐えられへんと思って近付けへん。愛想を尽かされなかったとしても、花菜さんが事故に遭ったら？　病気になったら？　先に死んでしまったら？」

「心配しすぎ……と言いたいところだけど、お前の場合はなぁ……」

友樹は、一眞が両親を一度に亡くし、心の支えだった恋人を失い、どん底だった時のことを知っている。一眞の不安を気軽に払拭できないのだ。

「いつ死ぬかなんて誰にもわからないんだから、わからないことを仮定して、大切な人に距離を取って悲しませるほうが良くないと思うけどな、俺は」

ビールに口を付ける友樹に向かって、一眞はさらに自分の気持ちを吐き出した。

「いい夫でいたいと思うねん。花菜さんが何かしたいことを見つけた時に、応援してあげたい。大学に行きたいって言ったら行かせてあげたいし、『縁庵』以外で働きたいって言ったら勤めさせてあげたい。彼女はまだ若くて、なんでもできるんやから。――でも、ほんまは、四六時中一緒にいたいって思ってるねん。彼女とずっと二人で『縁庵』をやっていきたい。そばにいてほしい。今日みたいに離れていたら、寂しくてしゃぁない」

一眞は自嘲気味に笑った。

「……依存しすぎやろ？」

日に日に花菜への想いが募る。花菜が大切すぎて、片時でも離したくない。自分のものだと抱きしめて、束縛していたい。こんな我儘《わまま》をぶつけたら、彼女に逃げられてしまうかもしれない。

年上で余裕ぶった顔をしながら、自分は本当に花菜に愛されているのか自信がなくて、本音は怖くて仕方がないのだ。もう一度、深く触れてしまったら、自制心がどこかにいってしまいそうで触れられない。

「お前、実はすげえ愛の重い男だったんだな……」

親友に呆れられ、一眞は俯いた。

「やばい。お前の肉、焦げてるぞ」

友樹が慌てた声を上げた。見れば、コンロの網の上で三角バラが黒くなっている。せっかくの良い肉がもったいない。

「お前は考えすぎだよ」

トングで肉を掴み一眞の皿に入れながら、友樹は「気楽に構えろよ」と笑った。

＊

「はぁ～、もう、めっちゃ感動したぁ！」

大阪の西梅田《にしうめだ》にある劇場を出た後、土居いずみは両手を胸の前で組んで、感極まったように声を上げた。

「朗読劇って本を読むだけなのかと思っていたら、光の演出が迫力あったたし、音楽もバンドの生演奏だし、臨場感があってすごかったね」

花菜も感想を述べると、いずみは我が意を得たりとばかりに「うんうん」と激しく頷いた。

「そうやねん！　私、今日の舞台を演出してる劇作家さんのファンやねん！」

今日観劇した朗読劇は、光や音などの演出や、生演奏を交えた新感覚の舞台で、朗読劇と聞いて花菜が抱いていたおとなしいイメージとは全く違い、かなり驚いた。

「声優さんたちの演技も良かったね」

「今日出てはった人、人気声優ばかりなんやで！　ほんまにええ声やったな～」

うっとりしているいずみを見て、「本当に好きなんだなぁ」と微笑ましく思う。これだけ夢中になれるものがあるというのは羨ましい。

（私に、こんなふうに好きなものってあったかな？）

「………」

考え込んでいたら、黙っている花菜に気が付いたいずみが「どうしたん？」と顔を覗き込んだ。

「私ばっかり興奮してるから、呆れてしもた？」

「そんなことないよ！　私もすごく楽しかったし。『見に行かない？』って声をかけてくれてありがとう」

無理矢理誘ってしまっただろうかと、心配そうな表情を浮かべているいずみに笑みを向ける。

「ちょっと考えごとしてただけ」

「考えごと？　何を？」

「いずみは観劇が好きだよね。私はたいした趣味を持ってないなぁって思ってたの」

自嘲気味にそう言うと、いずみがきょとんとした。

「そうやったっけ？　花菜は昔、よく絵を描いてへんかった？」

「絵？　……ああ、そういえば」

いずみに言われて、高校時代、授業の合間にこっそりとノートに女の子の絵を描いていたことを思い出した。

昔、花菜には好きな漫画があった。母がパート先の友人から貰ってきた少女漫画で、吸血鬼の女の子が活躍するラブコメだった。ヒロインの片想いが報われるのか、ドキドキしながら読んだものだ。

「昔は漫画家になりたいなぁって思ってたんだっけ……」

母が亡くなってから、将来の夢なんて見ることを忘れていた。

「今からでもなれるんちゃう？」

気軽に勧めてくるいずみに、花菜は苦笑いで応じる。

「無理だよ。私、左向きの女の子の顔しか描けなかったもの」

漫画家を目指すなら、老若男女が描けなければいけないし、背景も描けなければいけない。

花菜の答えを聞いて、いずみが「そんなことない」と言うようにひらりと手を振る。

「日本人の今の平均寿命って知ってる？　女性は八十七歳なんやで。花菜はまだ二十一歳。人生、半分も過ぎてないんやで？　本気になれば、なんでもできる」

「えー……」

自信満々ないずみに、花菜は唇を尖らせる。

そうだろうか？　どうしたって自分には、漫画家は無理な気がする。

眉間に皺《しわ》を寄せている花菜に、いずみが続けた。

「つまりさ、気の持ちようなわけよ。なりたいなぁ、やりたいなぁって言ってるだけやったらあかんねん。本気でやりたいなら、つべこべ言わずに行動に移せって話やね。『でも～』『だって～』ってぐだぐだ理由付けて行動しぃひんのなら、それはその人にとって、そんなにやりたいことやないんとちゃうかなって、私は思う」

いずみの言葉は辛辣《しんらつ》だ。

（でも、一理あるよね）

何ごとも、やってみなければわからない。とはいえ、努力は必ず報われるものではない上に、時間もお金も環境も余裕のない場合は、二の足を踏んでしまうわけで――

以前、一眞に「花菜さんは夢ってある？」と聞かれたことを思い出した。咄嗟《とっさ》に答えられなかったが、一眞は花菜に何かしたいことができたら応援すると言ってくれた。花菜の環境は恵まれているのだろう。

（したいことかぁ……）

今のところ、それは漫画を描くことではなさそうだ。

いずみとの間に沈黙が落ちる。

言いすぎたと思って気まずくなったのか、いずみが話題を変えた。

「そういや、花菜。一眞さんとは、ほんまの夫婦になってから、どんな感じ？」

（『ほんまの夫婦』か……。確かに、今までは偽物の夫婦だったわけだけど）

現在と仮初《かりそ》め期間を思い比べ、花菜は、

「前と変わりないよ」

と答えた。

花菜の返答が期待外れだったのか、いずみは「えー」と不満の声を上げた。

「新婚やろ？　ラブラブな雰囲気とかないん？」

「ラブラブって」

いずみの古い言い回しに、思わず笑ってしまう。

「あっ、もしかして、契約結婚期間が長かったから、今さら新婚って感じやないとか？」

「それもあるかもしれないけど、よくわからない。一眞さん、私にあまり触れようとしないの。……少し寂しい」

ぽつりと漏らした本音を聞いて、いずみが「はぁ？」と気色《けしき》ばんだ。

「それって、夫婦関係がないってこと？」

大声で聞かれて、花菜は慌てて「しーっ！」と人差し指を唇に当てた。

「恥ずかしいからやめて」

「ごめん。――いやでも、ちょっと待ってよ。マジ？　花菜と一眞さんって、ちゃんと結婚したよね？　まだ偽物夫婦だなんて言わないよね？」

「したよ。婚姻届出したもの。それにね、全然ないわけじゃないよ。籍を入れた日に一度だけ……」

親友とはいえ、赤裸々に話すのは躊躇われて、小さな声でぼそぼそと言うと、いずみは頭を抱えた。

「新婚夫婦なのに、一度だけなんて信じらんない」

親友の反応を見て、花菜の気持ちが沈む。やはりいずみの目から見ても、花菜と一眞の関係は不自然なようだ。

「一眞さん、私のこと、実はそんなに好きじゃないのかな……。告白だって、私から強引にしたようなものだし。私の勢いに押されて結婚してくれただけかも……」

ずっと抱えていた疑念を口に出すと、感じないように努めていた不安が押し寄せてきた。

まるで、底の見えない深く暗い穴の縁に立っているみたいだ。一歩踏み込んだら、浮上できなくなりそうで――

影を背負ってしまった花菜を見て、いずみが慌てた。

「大丈夫！　そんなことないよ。一眞さんが花菜を見る瞳って、めっちゃ優しいもん。花菜のこと、愛してはると思うよ」

いずみのフォローも、疑いに呑み込まれてしまった花菜の心の奥底には響いてこない。

けれど、親友をこれ以上心配させないように、花菜は「そうだよね」と頷いた。

「あっ、そうだ！　この後、どうする？　時間あるなら、お茶しに行かへん？」

話題を変えたいずみに、花菜は、

「うん、行きたい」

と同意した。あまり暗い話を続けるのもよくない。せっかくの観劇の余韻《よいん》が薄れてしまう。

「この近くに、おいしいフレンチトーストのお店があるねん」

いずみは「ダンジョン」とも呼ばれている、迷宮のような大阪の地下街を迷いなく歩いていく。

「私、大阪の地下を一人で歩ける気がしない。いずみ、すごいね」

感心する花菜に、いずみはなんでもないことのように笑った。

「大阪に住んで、もう三年目やしね。梅田のよく行く場所は覚えたよ。大阪駅前ビルはまだ攻略できてへんねんけど」

「これ以上ややこしい場所があるなんて、大阪駅は恐ろしい」と、花菜は呆気に取られた。

第三章　臆病な恋

ランチタイムが過ぎ一息ついた花菜は、ふと『縁庵』のカウンターテーブルに置かれている写真集を手に取った。ぱらりとめくったページには、もみじの名所として有名な永観堂《えいかんどう》の庭園が写っている。

京都といえば桜や紅葉が有名だが、花菜は新緑の頃も好きだ。真っ赤に色づいたもみじとはまた違う、爽やかな青もみじも見応えがある。永観堂の庭園は秋も美しいが、個人的には夏を勧めたい。

六月に入り、蒸し蒸しとした日も増えてきた。京都の暑い夏の訪れも目の前だ。

「花菜さん、お昼休憩に入ってくれたらええよ」

ぼんやりしていたら、キッチンにいた一眞に声をかけられた。カウンターにトレイが置かれる。海老マヨ、ナスの涼拌《りゃんばん》、トマトと卵のスープ、チャーハンのおむすびという中華メニューは、今日のランチセットで提供されていたものだ。

「ありがとうございます。じゃあ、少し上で休んできます」

「あっ、ちょっと待って。まかない用に、これも作ったんやった」

花菜が写真集を置き、トレイを手に取ろうとしたら、一眞が冷蔵庫から蕎麦猪口《そばちょこ》を取り出した。追加でトレイに乗せられた蕎麦猪口には、白いプリンのようなものが入っている。

「もしかして、杏仁豆腐《あんにんどうふ》?」

「正解。クコの実がないから、見た目はそれっぽくないけど」

「おいしそう! ありがとうございます」

笑顔でお礼を言うと、一眞は「うん」と言って目を細めた。

「ゆっくり休んできて」

「では……」

あらためてトレイを手にし、階段へ向かおうとした時、『縁庵』の戸が開いた。

「こんにちはぁ!」

「こんにちは。一眞さん」

振り向くと、最近よく顔を見せる女子大生の二人組が、キッチンに立つ一眞に向かって手を振っていた。

一重の目もとをしたアジアンビューティーな顔立ちの女子は志絵《しえ》といい、ロングヘアを綺麗に巻いたお嬢様風の女子は紀香《のりか》という名前で、二人とも、市内の同じ大学に通う一回生だ。

「いらっしゃいませ」

　一眞が愛想良く挨拶をして、トレイを置こうとした花菜に目を向ける。

「花菜さん、僕が接客するしええよ」

「でも……」

「今はお客さんも少ないし、僕一人で大丈夫」

　そこまで言われたら、無理に残ることもできない。

「奥のお庭側の席が空いていますよ」

　一眞が女子大生二人に声をかけたが、彼女たちは顔を見合わせた後、くすっと笑った。

「カウンターがいいでーす！」

「空いてますよね？」

　二人は自らいそいそとカウンター席に座る。

　一眞はキッチンを出てくると、彼女たちにお冷やを出し、メニューを手渡した。

　さっそくメニューを開いた彼女たちは、仲良く額を合わせた。

「今日は何にする？」

「抹茶パフェかな」

「抹茶チーズケーキも捨てがたい！　一眞さんは、どっちがおすすめですか？」

　志絵が上目遣いに一眞を見る。

「どっちもおすすめやけど、今日は暑いし、パフェもええと思います」

「せやったら、パフェにしよ！」

「じゃあ、私もそれで」

一眞のおすすめどおりにメニューを選んだ後、志絵と紀香はさえずる小鳥のようにおしゃべりを始めた。

「この間のサークルの飲み会、最悪やったわ。先輩が悪酔いして絡んでくるし、マジでウザかった」

「その先輩って、前に映画に誘われたことがあるって言ってた人？」

「そう。お調子者は興味ないっちゅうねん。私の理想は、一眞さんみたいに落ち着いた大人の男性やで」

そう言って、志絵は一眞に笑顔を向ける。一眞はそつなく「おおきに。光栄です」と返すと、抹茶パフェを作り始めた。

花菜はもやもやしながらその様子を見ていたが、一眞が「気にしぃひんと早よ行き」と言うように二階を指差した。小さく頷き返し、階段を上る。

志絵と紀香は入学初日に出会い、同じ学部ということもあって仲良くなったそうだ。志絵は大阪の自宅から通学しており、東京出身の紀香は大学近くのマンションで一人暮らしをしているらしい。せっかく京都の大学に通い始めたのだからと、二人でカフェ巡りを始め『縁庵』を見つけたのだと、以前、一眞に話していた。

二人は『縁庵』の雰囲気が気に入っているらしく、毎週のようにやってくる。

（『縁庵』が目的というよりも……あの子たち絶対、一眞さん狙いでうちに来てるよね……）

座るのは必ずカウンター席で、キッチンにいる一眞に馴れ馴れしく話しかける。人当たりのいい一眞は気さくに会話に応じているものの、お客様とはいえ、自分とあまり歳の変わらない女の子たちと楽しそうに話している夫を見るのは複雑だ。

（一眞さんって他の女性の常連さんとも仲が良いし、もしかして私がここに来る前から、あんなふうにモテていたのかな？）

もやもやしながらリビングダイニングに入る。『縁庵』の二階は、花菜と一眞の生活空間だ。

ダイニングテーブルにトレイを置き、お茶を淹れながら、花菜は一眞の過去を思い返した。

かつて、彼には恋人がいた。不幸な出来事があり、別れざるを得なかった二人だが、結婚を視野に入れていたことは知っている。

花菜は一時期、一眞の元恋人に嫉妬していた。おそらく自分は、志絵と紀香に対しても嫉妬している。でも――

「今、一眞さんの奥さんは私だもの……」

口に出して、再確認する。

お客様にプライベートな話をするのはどうかと思って、特に親しい常連様以外には言っていないが、いっそ志絵と紀香にも、花菜と一眞は結婚していると話してしまおうか。

（そうしたら、彼女たちはもう来なくなる？　一眞さんとしては、『縁庵』から常連客が減ると困るかな……）

眉間に皺を寄せながら椅子に座る。箸を取って海老マヨを頬張ると、ぷりぷりの海老と滑らかなマヨネーズの組み合わせが美味だった。

（やっぱり、一眞さんのお料理はおいしいな）

『縁庵』のランチは特別凝った料理ではないが、日によって和洋中とジャンルが変わる家庭的なメニューが好評だ。お客様が「おいしい」と言って顔を綻ばせている様子を見ると、花菜は幸せな気持ちになる。料理で人を笑顔にできる一眞を尊敬しているし、そんな彼の妻であることを、誇りに思う。

「頑張ろう」

嫉妬で拗《す》ねているなんて恥ずかしい。

花菜は片手で軽く頬を叩き、一眞の作った料理を完食した。

休憩を終えて店に戻ると、志絵と紀香はまだカウンター席に座っていた。パフェはとっくに食べ終えているが、おしゃべりに花を咲かせている。一眞にも話しかけ、笑い声を上げている。

花菜はできるだけ気にしないように努めながら、他のお客様の接客に精を出した。

志絵と紀香がたっぷり二時間はおしゃべりをして帰っていった後、パフェグラスを洗っていた花菜に、一眞が声をかけた。

「花菜さん。よかったら、今日は閉店後に飲みに行かへん？」

「飲みに、ですか？」

一眞は甘いものも好きだが、お酒も好む。夕食時、たまに晩酌をすることがあるが、仕事後に外に飲みに行くことは滅多にない。

「定休日以外に飲みに行こうって言うの、めずらしいですね」

今日はたまたまそういう気分なのだろうか。不思議に思って尋ねると、一眞は寂しそうな顔で答えた。

「錦小路《にしきこうじ》の『花俥《はなぐるま》』さんが、閉店しはるらしいねん」

（『花俥』さんって、確かデパートの裏の居酒屋さんだっけ？）

錦市場を出るとデパートがある。周囲には様々な飲食店があり、『花俥』はそのうちの一軒だった。

「はい、いいですよ」

二つ返事でオーケーする。

（一眞さんと外食って久しぶり）

閉店後が楽しみになり、志絵と紀香に抱いていた嫉妬心は、いつの間にか消えていた。

『縁庵』を閉めた後、花菜と一眞は連れだって『花俥』へと向かった。

錦市場は十八時を過ぎると閉まっている店が多くなる。けれど、まだ歩いている観光客もいて、二人は人の流れに逆らうように錦市場を抜けた。

高倉通《たかくらどおり》を通り過ぎ、デパートの裏手まで来ると、雑居ビルの半地下が『花俥』だった。暖簾の掛かった和風の引き戸を開ける。

カウンター席だけのこぢんまりとした店に入って、花菜は目を丸くした。壁一面、等間隔に釘が打たれており、数え切れないほどの栓抜きが掛かっていた。

「いらっしゃい！　あれっ、進堂君やん！」

厨房内で料理を作っていた調理服姿の男性がこちらを向いた。歳の頃は四十代半ばといったところだろうか。胸板の厚い大柄な体格をしていて、ラガーマンのような雰囲気だ。

「こんばんは、車崎《くるまざき》さん」

　一眞が会釈をすると、車崎の視線が隣の花菜へ向いた。

「進堂君が女の子連れなんてめずらしいですね。彼女？」

　笑顔で尋ねられて、花菜は一眞を見上げた。一眞が、

「妻の花菜です」

　と紹介する。

「へえ！　いつの間に結婚しはったんです？」

　目を丸くした車崎に、一眞が答える。

「今年の三月です」

「ついこないだやんか。可愛い子やね。てか、奥さん、えらい若そうですね」

　一眞はそれには答えず、カウンター席を指差した。

「空いてますか？　予約入ってます？」

　客はまだ一人もいないが、狭い店だ。予約が入っていれば遠慮をしたほうがいいだろう。すると車崎は片手を顔の横で左右に振った。

「全然空いてるし、好きなとこ座ってくれはっていいですよ」

　お言葉に甘えて、二人は車崎の正面に腰を下ろした。

　花菜は一眞と車崎を交互に見て、

「お二人はお知り合いなんですか?」

と尋ねた。

「一年ぐらい前まで、よく来ててん」

「最近はご無沙汰でしたね」

車崎の言葉に嫌みは感じられないが、一眞は申し訳なさそうに謝った。

「すみません。花菜さんと同居するようになってから、足が遠のいてしもて」

花菜は一眞の口ぶりから、彼が花菜と契約結婚生活を始める以前は、飲みがてらよくこの店に晩ご飯を食べに来ていたのだろうと察した。

「奥さんと同棲してはったんですか。そら、家で彼女の作るご飯食べるほうがええもんなあ」

車崎が羨ましそうに言って笑う。

(ご飯を作っているのは、ほとんど一眞さんなんだけどな)

花菜は内心で苦笑する。花菜も作ることがあるが、料理好きな一眞は仕事だけでは飽き足らず、花菜との食事まで用意してくれる。

「ほんで、なんでまた急に来てくれたんです?」

車崎の質問に、一眞は寂しそうに答えた。

「『花俥』が閉店するって、うちの常連さんから聞いたんです」

「なんや、知ってたんや。そうやで、今月、店を閉めることにしたんです」

「残念です」

「最近、物価も家賃も上がって、正直、ここで続けるのがキツくなってしもて。一旦、店を閉めて、仕切り直そうと思ったんです」

「仕切り直しってことは、どこか他のところでやらはるんですか？」

「すぐには無理ですね。しばらくの間、知り合いの店で働かせてもらうことになってます」

「そうなんですね……」

一眞と車崎の間に、しんみりした空気が流れる。

重くなりかけた雰囲気を払拭するように、車崎が明るい声を上げた。

「せっかく来てくれたんやし、今日はうまいもん食べてってください。ええ鱧《はも》も入ってるし、湯引きも天ぷらもできますよ。飲み物は何にしはりますか？」

「ほな両方ください。あとはクラフトビールと……花菜さんは何にする？」

一眞に振られて、花菜はカウンターに置いてあったメニューを手に取った。ソフトドリンクの項目を見て、

「ウーロン茶をお願いします」

と頼む。

「おおきに。これ、突き出しです」

車崎がカウンターに置いた小鉢には、牛すじ肉の煮込みが入っている。

クラフトビールの瓶とグラス、ウーロン茶が出てくると、一眞が椅子から立ち上がった。壁一面に掛けられた栓抜きを見て、

「今日はどれにしよかな」

と、考え込む。

「……？」

一眞が何に悩んでいるのかわからず、不思議な顔をしている花菜に気付き、車崎が説明した。

「クラフトビールを頼んでくれはったお客さんには、壁から好きな栓抜きを選んでもろて、自分で栓を開けてもらってるんです」

「そうなんですか！　面白いサービスですね」

壁一面の栓抜きは、お客様のためのものだったのか。

感心する花菜を振り返り、一眞が頼んだ。

「花菜さんが好きなの選んでくれる？」

「いいんですか？」

「うん、僕は何度も選んだことあるし」

一眞に勧められて、花菜も立ち上がると、真剣な表情で壁を見回した。

シンプルな栓抜きもあれば、花の形になっていたり、猫の形になっていたり、トランプの形になっていたりと、様々なデザインの物があり、面白い。

「これにしようかな」

花菜は手を伸ばして魚の形の栓抜きを釘から外した。その瞬間、花菜の脳裏に見知らぬ女性の姿が映った。歳は三十代前半といったところだろうか。セミロングの髪をきりりと首もとで結び、スーツを着ている。

魚の栓抜きでビール瓶を開けた女性は、手ずからグラスにビールを注ぐと、ぐいっとあおった。

『ええ飲みっぷりですね』

厨房から、車崎が女性に声をかける。

『飲まないとやってられない！　今日、めっちゃムカつく男の人が来たんですよ！』

女性はカウンターに手をついて身を乗り出すと、目を尖らせながら車崎に訴えた。

『常連だって言い張って、順番をお待ちいただいているお客様がたくさんいらっしゃるのに、スマホの調子が悪いのはお前のとこの会社のせいだから、さっさと対応しろって怒鳴られたんです！　私、今のお店に勤めて五年以上経ってますけど、その人が来たの初めてだし！』

車崎は女性の気持ちに寄り添うように同情的な笑みを浮かべた。

『桂《かつら》さん、携帯ショップで働いてはるんでしたっけ？』

『そうです。仕事は好きだけど、クレーマーは嫌いです！　しかもあの人たち、道理の通らないこと言ってくるし！』

『それで、どう対応しはったんですか？』

『まずは落ち着いてもらわないと話にならないので、ひと通り言い分を聞きました。それから、「もし先にお待ちいただいているお客様があなた様だった場合に、他のお客様が自分の対応を先にしてほしいとおっしゃってこられても、私は先にお待ちいただいているあなた様を後回しにするようなことはございません」とご説明しました』

『自分が逆の立場だったら、順番抜かしなんてされたら嫌やろうからねえ。毅然と対応しはったんですね。さすが桂さんです』

　車崎が褒めると、桂は恥ずかしそうに頬に手を当てた。

『さすがなんて、そんなことないですよ。その男の人は「生意気な店員じゃ話にならない。よそに行く。もう二度とこんな店に来るか」って捨て台詞吐いて出て行くし、店長からは「もっとうまい言い方があったんじゃないか」って注意されるし。褒めてくれるのは大将だけですよ。――でも、ありがとうございます。そう言っていただけて、少し気が晴れました』

微笑む桂を見て、車崎が「ほな良かったです」と目を細める。

『いつも私の愚痴を聞いてくださってありがとうございます。私、ここに来ると、つい大将に甘えちゃう』

『いつでも甘えてくれはったらいいですよ』

車崎が桂に向けるまなざしは限りなく優しい。

「花菜さん、栓抜き貸してくれる？」

意識が現実から離れていた花菜は、一眞に声をかけられて我に返った。

「あ……はい。すみません」

「どうぞ」と言って魚の栓抜きを手渡すと、一眞は尻尾の穴の部分を引っかけ、器用に栓を外した。王冠栓がカウンターの上にカランと落ちる。

花菜はすかさず瓶を手に取ると、一眞のグラスにビールを注いだ。お互いのグラスをカチンと合わせ「今日もお疲れ様」と乾杯する。

一眞が栓抜きを壁に戻す。

車崎は冷蔵庫から鱧を取り出し、手際よく下ろし始めた。手を動かしながら、一眞に話しかけてくる。

「『縁庵』は最近どうなんです？　お客さん、来てはる？」

「うちのメニューをＳＮＳで紹介してくれるお客さんもいはるみたいで、順調です」

「それはええな。和風カフェっておしゃれやもんな。うちは三年も保たへんかったわ」

（そういえば、飲食店って三年で廃業するお店が多いって聞いたことがある）

花菜は以前、何かのコラムで見た記事を思い出した。一概には言えないものの、飲食店の三年以内の廃業率は七十パーセント、五年で八十パーセントという説があるらしい。理由としては、初期投資額が大きかったり、運転資金が尽きてしまったりするためだとか。

「自分の店を持ちたいと思って、料亭辞めて始めてみたけど、なかなか難しかったです」

車崎の口調は達観している。悩んだ末に閉店を決意し、既に気持ちの整理はついているといった様子だった。

（夢を叶えても、継続することって難しいんだな……）

ふと、梅小路公園で出会ったハンドメイド作家の女性を思い出した。彼女はアクセサリー作家として生計を立てたいと言っていた。その道を進むのは、きっと困難を伴うだろう。資金も尽きるかもしれない。その時、それでも夢を叶えたいと思えるだろうか。

「自分が作ったアクセサリーで、女の子を可愛くしたい」と夢を語っていた彼女の、きらきらした瞳を思い出す。

（頑張ってほしいな。また梅小路公園のハンドメイドイベントを見に行こう）

一番の応援は、購入だ。

ジッジッジと鱧を骨切りする音を聞きながら、車崎の手元を見つめる。料亭に勤めていたと言うだけあって、手際の良さが素晴らしい。

「おばんざいなら、すぐに出せるで。定番やけど、菜っ葉の炊いたんとか、小鮎の南蛮漬けとか、よう染みてるで」

カウンターの上には、大鉢に盛られたおばんざいが並べられている。一眞が適当に注文すると、車崎は手早く小鉢に盛って出してくれた。

「お料理、どれもおいしいですね」

小鮎の南蛮漬けを口に入れて頬を緩める花菜に、一眞が「そうやろ」と目を細める。

「車崎さんの料理、味付けが上品で好きやねん。他にも何か食べたいものがあれば注文したらええよ」

「そうですね。海老芋の天ぷらとか……」

花菜が言いかけた時、戸が開く音がした。車崎が顔を向け、威勢良く声をかける。

「いらっしゃい」

「大将、こんばんは」

店に入ってきたのは、セミロングの髪を首もとで結び、パンツスーツをすっきりと着こなした女性だった。

彼女の顔を見て、花菜は思わず「あっ」と小さく声を上げた。先ほど、魚の栓抜きに触れた時に垣間見た女性で間違いない。

「今夜は顔見知りばかり来はるなぁ。こんばんは、桂さん」

車崎が嬉しそうに笑う。桂という女性も、どうやら『花倖』の常連のようだ。

「今日は後輩を連れて来たんです」

桂の後ろに付いて店に入ってきたのは、二十代半ばぐらいの青年だった。まだスーツに着られているといった様子の青年は、爽《さわ》やかで魅力的な顔立ちをしている。

(芸能人みたいな人だなぁ)

先日見ていたドラマに、彼によく似た俳優が出演していた。これだけ美男子なら、さぞやモテそうだ。

桂は先客の花菜と一眞に会釈をすると、椅子を一つ空けて腰を下ろした。その横に青年が座る。メニューを手に取り、桂が慣れた様子で注文する。

「クラフトビール。それから、スルメイカの天ぷらと、ナスの煮浸し、肉じゃが、揚げ出し豆腐をください。碓氷《うすい》君は何を飲む?」

桂に問われて、碓氷と呼ばれた青年が、

「じゃあ、僕も同じものを」

と注文する。

車崎が冷蔵庫からビール瓶を取り出し、グラスと一緒にカウンターに置いた。桂は椅子から立ち上がると、迷いなく、壁から一本の栓抜きを取った。先ほど、花菜が選んだのと同じ魚の栓抜きだ。碓氷に、

「碓氷君も好きな栓抜きを選びなよ」

と声をかける。よくわからないといった顔をしている碓氷に、桂がこの店のシステムを説明する。

「ここでは、好きな栓抜きを選んで、自分で瓶を開けるの。ちょっと面白いセルフサービスって感じ」

「へえ！　そうなんですね！」

先ほどの花菜と同じように碓氷が驚く。碓氷は壁に視線を巡らせ、迷うように首を傾けた。

「めっちゃたくさんあって悩むなぁ」

「そうでしょう。私も最初は悩んだけど、今はこれがお気に入り」

桂が笑いながら、手に取った魚の栓抜きを見せる。

「これ、大将がパリの蚤《のみ》の市で買ってきたっていう栓抜きでしたよね」

「そう。桂さん、それが気に入ってますよね」

「お魚の形が可愛いもの」

「じゃあ、僕は……これにしよう」

碓氷が手に取ったのは、鍵の形の栓抜きだった。アンティーク調でおしゃれなデザインだ。

二人は栓抜きを手に椅子に座り直すと、クラフトビールの栓を抜いた。お互いにビールを注ぎ合った後、グラスを合わせる。

「乾杯」

「お疲れ様です」

泡に口を付け、桂が目を細める。

「おいしい。疲れた体に効くわ」

「桂さん、今日は本当にありがとうございました」

一口ビールを飲んだ後、グラスを置き、碓氷があらたまった口調で桂に丁寧に頭を下げた。桂がきょとんとする。

「なんのこと?」

「今日、僕のこと、助けてくれたじゃないですか。スマホの使い方がわからへん、前の機種に戻してくれってごねるご老人に困ってたら、僕の代わりに対応してくれて……一時間以上話をしてましたよね」

「ああいう方は、ただ使い方がわからないだけなの。わからないとイライラするでしょう？　お話に耳を傾けて、丁寧に使い方をお伝えしたら、納得してくださることもあるのよ」

花菜は先ほど垣間見た桂の様子を思い出した。彼女は携帯ショップで働いていると言っていたから、今日はお客様トラブルに見舞われた後輩の碓氷を、手助けしたのだろう。

「碓氷君って最近入って来たばかりだけど、優秀だと思うよ。フォローもうまいし、私も何度も助けられた。だから、今日はいつものお礼に、お気に入りのお店に連れて来たの。ごちそうするから、どんどん好きなものを注文して」

「そんな！　僕のほうが桂さんに助けられてますよ！　わからないことがあったら、桂さんに聞けばなんでも知ってるし、ものすごく丁寧に教えてくれるし、お客様への対応も親切だし、僕、めっちゃ尊敬してるんです！」

碓氷がこぶしを握って力説すると、桂は目を丸くした後、恥ずかしそうに「ありがとう」とつぶやいた。

車崎が、会話の邪魔をしないように、遠慮がちにおばんざいを二人の前に置く。

素っ気ない車崎の様子に、花菜は「あれっ？」と思った。先ほどまで愛想の良かった車崎の表情が曇っている。

花菜の視線に気付いたのか、車崎がこちらを向いた。暗い表情はすぐに消え、

「鱧天と湯引き、お待たせ」

と、カウンターに料理を置いた。

「おおきに。今年最初の鱧やわ」

一眞が嬉しそうに笑う。これから鱧は旬の季節に入る。

梅肉が添えられた鱧を口に入れて、一眞が満足げな顔をした。

「おいしいで。花菜さんも食べてみ」

「いただきます」

花菜も花のように開いた鱧を口に入れる。淡泊だが、とてもおいしい。頬を押さえてにこにこしていたら、一眞が花菜の表情を見て微笑んだ。

「花菜さんはいつもおいしそうに食べるね」

「それって、食いしん坊ってことですよね」

ぷうと頬を膨らませたら、一眞が声を出して笑った。

「そういうとこが可愛らしいんやけどね」

「さらっと、そんなこと言わないでください……！」

今度は頬が熱くなる。「可愛い」と言われるのは嬉しいが、照れくさい。

恥じらっている花菜を見て、車崎がからかう。

「仲が良いですね。さすが新婚さんですねえ」

こちらの会話が聞こえたのか、碓氷が振り向いた。興味津々という様子で花菜と一眞を見ると、人懐《ひとなつ》こく問いかけてきた。

「お二人はご夫婦なんですか？」

「ええ、そうですよ」

人当たり良く一眞が答える。

「結構、歳が離れているように見えますけど」

「ちょっと、碓氷君！」

桂が碓氷の袖を引っ張った。立ち入ったことを聞いて、失礼だと思ったのだろう。年齢の割に一眞の外見が若く、花菜の振る舞いが落ち着いているとはいっても、誰が見ても二人の年齢がそれなりに離れていることはわかるに違いない。

一眞は表情を変えずに答えた。

「僕が三十歳で、彼女が二十一歳です」

「へえ！　九歳差ですか！」

碓氷がなぜか嬉しそうな声を上げた。そして桂を振り向くと、にこっと笑った。

「僕と桂さんも九歳差ですよね。僕が二十四歳。桂さん、確かこの間が誕生日で、三十三歳になったっておっしゃってましたもんね」

　桂の頬がパッと赤くなり、碓氷の腕を叩く。

「勝手に年齢をばらさないでちょうだい」

「あっ、すみません！」

　碓氷は慌てて桂に謝ったが、花菜と一眞への質問を続けた。

「九歳離れていたら、世代間ギャップって感じたりしないんですか？」

　花菜は軽く首を傾げて考え込んだ。

（世代間ギャップかぁ）

「何かありましたっけ？」

　花菜の問いかけに、一眞は宙を見て「そうやねえ」とつぶやいた。

「子供の頃に見てたアニメや漫画、流行ってた音楽の話なんかをした時に、時代の差を感じるかも」

「それは確かに」

　一眞が今の花菜と同じ年齢の時に聴いていた音楽は、花菜にとっては昔懐かしい。

「今度、カラオケにでも行ってみます？」

　花菜はからかうように誘った。河原町には何店舗もカラオケ店があるが、二人で行ったことはない。一眞が苦笑いを浮かべて断る。

「僕、音痴やし、それはちょっと……」

意外な事実を知って、花菜は思わず笑ってしまった。

一眞は碓氷に向かって、この話題を締めた。

「花菜さんはしっかりしてはるし、性格面ではそんなに年の差を感じないですね」

「私、そんなにしっかりしてないと思いますけど……」

「僕よりよほど大人やで」

そう付け足しつつ、どこか自嘲的な一眞を見て心配になる。彼がこういう顔をする時は、何か一人で抱え込んでいる時だ。

（悩み事があるのかな？　聞いたら話してくれるかな……）

そんなことを考えていたら、碓氷が花菜を見て羨ましそうな口調で言った。

「年上の人に頼られるっていいですねえ」

桂を振り向き、笑いかける。

「僕も桂さんに頼られるよう頑張りますね」

そう宣言した碓氷の、爽やかで甘い笑みにドキッとしたのか、桂がさりげなく視線を逸らした。

「……生意気」

「すみません」

碓氷が頭を掻く。

そっぽを向いていても、桂から碓氷を拒絶する雰囲気はない。碓氷も、そんな桂を見て、にこにこしている。

二人の様子に、花菜は「もしかして……」と考えた。

(碓氷さんって、桂さんが好きなのかな？　桂さんもまんざらではない？)

ただの先輩と後輩というには親密な様子に、そう推測する。

自分を見つめる碓氷のまなざしに落ち着かなくなったのか、桂が席を立った。

「ごめん、ちょっと電話がかかってきたみたい」

慌てたそぶりでバッグからスマホを取り出し、店の外へ出て行く。

バッグの中にあったスマホの着信に気付くものだろうか？　彼女の行動は不自然で、本音がわかりやすい。

(碓氷さんの『大好き』ってまなざしに動揺したって感じかな)

「なんだか可愛い……」

思わずつぶやいたら、碓氷がこちらを向いた。花菜と視線が合い、悪戯っぽく笑う。まるで「そうでしょう」とでも言いたげだ。

(桂さんだけでなく、可愛いのは碓氷さんも同じなんだけどな)

微妙な距離感の二人がじれったくて、見ているこちらまでドキドキする。

「さっきの年齢の話ですけど」

　碓氷が再び花菜と一眞に話しかけてきた。

「男のほうが年下ってどう思います？　やっぱり、年上の女性から見たら、頼りないですかね？」

「………」

　一眞は少し困った顔をして微笑んでいる。うかつな返事はできないと思っているのだろうか。

　碓氷の質問を無視するわけにもいかないので、花菜が答えた。

「好きになったら、年齢ってあんまり関係ないんじゃないですか？　私と夫は九歳離れてますけど、年齢で好きになったわけじゃないですし……。一眞さんは大人だけど、私が守ってあげたいって思っているから……」

　つい本音を漏らしてしまい、慌てて口を閉ざした。とても恥ずかしいことを言った気がする。

　照れくさい気持ちで、ちらりと一眞を見上げたら、一眞はぽかんとした顔をしていた。一眞の反応に驚いている花菜を見て、パッと横を向く。耳が赤くなっている。

「すっごい素敵です！」

　花菜の言葉が琴線に触れたのか、碓氷が感動したように目を輝かせた。

「僕も桂さんを守りたいです！　……あっ、言っちゃった」

勢いで桂への想いを口にして、碓氷が「あはは」と照れくさそうに笑う。

「頑張ってください！」

花菜が励ますと、碓氷は強い瞳で頷いた。

「頑張ります！」

花菜と碓氷の若者同士が盛り上がっている横で、一眞は無言でビールを飲んでいる。花菜が一眞の様子を窺ったら、まだ少し耳の赤みが残っていた。花菜の「守ってあげたい」発言に、よほどびっくりしたのだろうか。

「若いって眩しいですねえ」

車崎がしみじみとした声音でつぶやいた。

「恋愛にも度胸があるというか……なんだか羨ましいです。私ぐらいの歳になると、不安が先に立ってあきません。歳の離れた相手なら、なおさらです。男か女か、どっちが年上でどっちが年下だろうと、感覚が違うでしょう?」

車崎の口調は思わせぶりだ。花菜には、車崎が碓氷に対して感心しているように見せつつも、「どうせ無理ですよ」と言っているように聞こえた。

（車崎さん、もしかして……）

先ほど、魚の栓抜きに触れた時に垣間見た光景の中で、彼が桂に向けていた優しい微笑みを思い出す。

「そうですか？　感覚の違いなんて、年齢関係ないと思いますけど。歳が近くても、理解できない奴っていますよ」

車崎の嫌みに気付いているのかいないのか、碓氷があっけらかんと言い返す。

その時、桂が店内に戻ってきた。

「ごめんね。ちょっと長引いちゃった」

ばつが悪そうなので、電話がかかってきたというのは、やはり嘘なのだろう。外気でクールダウンしたのか、落ち着きを取り戻したようだ。

「桂さん、僕、頼りがいのある後輩になりますんで！」

桂が椅子に座り直した途端、碓氷は子犬のようにきらきらした目で胸を叩き、前のめりになった。碓氷の勢いに押され、桂が身をのけぞらせる。

「え、う、うん。ありがとう、碓氷君。これからも仕事頑張って」

「仕事も頑張りますけど、そうじゃなくて～……」

情けない表情を浮かべた碓氷だが、ここではこれ以上押しても無理だと思ったのか、気を取り直したように、

「桂さん、ビールもう一本注文しますか？」

と、話題を変えた。

一時間ほど食事をした後、碓氷がかなり強引に「二次会に行きましょう！　いいワインバーを知ってるんで！」と桂を誘い、二人は『花俥』を出て行った。

賑やかな碓氷の姿がなくなると、店内に再び落ち着いた雰囲気が戻った。

「車崎さん、もう一本、クラフトビール貰えますか？」

一眞が注文し、車崎がカウンターに瓶を置く。適当に栓抜きを選んでビール瓶を開ける一眞に向かい、車崎が苦笑いを浮かべながら話しかけた。

「さっきの青年、わかりやすかったですね」

「そうですね。先輩への好意が溢れたはりましたね」

「あの様子だったら、すぐにうまくいきそう！」

一眞の言葉に被せるように、花菜も会話に交ざった。

「恋愛に対して怖いもの知らずで羨ましいですよ。私みたいなオジサンになると、見た目にも言動にも若さがないから、どうせ駄目やろうって思ってしまうんですよね」

溜め息交じりの車崎に、花菜はフォローを入れる。

「そうですか？　車崎さん、素敵ですよ。駄目なことないと思います」

「そんなことないでしょう。歳の離れた若い女性には、オジサンは敬遠されるんじゃないですか？　――あっ、別に花菜さんのことを言っているわけやないですよ」

車崎は、慌てて言い足した。

「私もあなたみたいに、好きになったら年齢なんて関係ないって思えたら、店を畳む前に勇気が出せたんですかね……」

「店を……？　それなら、まだ遅くないのでは？」

一眞が背を押したが、

「どちらにしても、もう遅いと思います。彼女には魅力的な後輩がいはるみたいやから。――ははっ、この話は聞き流してください」

車崎は軽く笑うと、ひらりと手を振った。

花菜と一眞は顔を見合わせた。目と目で「これ以上、聞かないほうがいいだろう」と無言で言葉を交わす。

「他にも何か、ご注文はありますか？　今日はデザートに柚子《ゆず》シャーベットも用意してます」

車崎に尋ねられ、花菜は場の空気を変えるように明るい声で答えた。

「柚子シャーベットいいですね！　食べたいです！」

＊

花菜と一眞が『花俥』を訪れてから半月後、車崎が定休日の『縁庵』を訪ねてきた。

「今日は定休日だったんですね。すみません」

車崎が、インターフォンの音に呼ばれて外に出てきた花菜に、申し訳なさそうに謝る。

「大丈夫ですよ。一眞さんに用事でしたら、呼んできましょうか？」

「あ、いや。たいした用事じゃないんです。進堂君にこれを渡してほしいだけなので」

なんだろうと思いながら車崎が差しだした紙袋を受け取ると、意外と重量があった。袋を覗いた花菜は目を瞬かせた。

「これって、お店にあった……」

「はい。店に飾ってあった栓抜きです」

車崎が持って来た物は、『花倖』の店内の壁に掛けられていた数え切れないほどの栓抜きだった。

「前に進堂君から、不要品を引き取って欲しい人を見つけて譲ってるって話を聞いたことがあったんで、これも貰ってもらえないかと思って持って来たんです。昨日が『花倖』の最終営業日やったので」

「そうだったんですね」

「残念です」と声をかけようかと思ったが、車崎がさばさばした口調だったので、花菜は閉店に関しては深く触れず、栓抜きについて尋ねた。

「いただいていいんですか？」

「はい。というか、むしろ、ガラクタを押しつけるみたいですみません。でも、結構一生懸命集めていた物なんで、捨てるのは忍びなかったんです」

紙袋の中に魚の栓抜きを見つけ何気なく手に取ると、『花俥』の店内で壁から栓抜きを取り外している桂の姿が花菜の脳裏に映った。

『大将、スマホの機種変更する予定あります？』

先日出会った時よりも髪の短い桂が、カウンターテーブルの椅子に座り直し、クラフトビールの栓を開けながら尋ねる。

厨房の中にいた車崎は、

『機種変更ですか？　型は古いけど壊れてないし、今のところ予定はないですね。最新機種を使いこなす自信もないです。なにせ、オジサンやからね』

と肩を竦めた。

『オジサンなんて、大将、そんな年齢じゃないでしょう！　でも、もし変えたいなって思った時は、うちの店に来てくださいね。私がきちんと使い方を説明します』

『ははっ、その時はぜひお願いします』

『私、桂優海《ゆうみ》っていいます。これ、私の名刺です』

桂がそう言いながら、名刺入れから名刺を取り出した。車崎に差しだす。

名刺を受け取った車崎は、そこに記された桂の名前と職場を確認して、顔を上げた。

『ユウミって優しい海って書くんですね。素敵な名前ですね。ここの携帯ショップもうちの店から近いし、困った時は寄らせてもらいます』

『ぜひ！』

車崎の答えを聞いて、桂が微笑んだ。立ち上がり、壁に栓抜きを戻す。

カチャンと音が聞こえたような気がして、花菜は我に返った。車崎を見つめ、尋ねる。

「この栓抜きもいただいていいんですか？　車崎さんにとって、特別なものだったんじゃないですか？」

魚の栓抜きを見せられて、車崎は迷うように瞳を揺らした。

「どうせなら、桂さんにあげたらよかったかもしれへんなぁ。彼女、この栓抜き、気に入ってたから……」

「それなら、今からでも差し上げたらよいのでは？」

（そして、桂さんに、車崎さんの気持ちを伝えてほしい）

この栓抜きに残るのは、年齢を気にして告白ができなかった、車崎の桂への恋心だ。

花菜の願いに反して、車崎は困ったように微笑んだ。

「無理ですね。彼女の連絡先を知らないので」

「そんなことないでしょう？」

花菜は間髪を入れずに言った。

「桂さんの名刺、持ってらっしゃるんじゃないですか？」

「あっ……！」

車崎は、ハッとした表情を浮かべた。

「そういえば、彼女がうちの店に来てくれるようになった初めの頃にもらったような……。それで彼女の名前を知ったんやった」

記憶が蘇ったのか、車崎の目に光が宿り始める。

「あの名刺に店の名前も、彼女のメルアドも書いてあったはず……。連絡は取れる。でも……」

ぶつぶつとつぶやいた後、思い直したように頭を振った。

「店まで行くなんて、ストーカーみたいや。会社のメルアドに個人的なことを送るのもあかんやろうし……」

「それなら、機種変更をしに行ったらいいんじゃないですか？」

花菜は車崎の背を押すように提案した。車崎が不思議そうに花菜を見つめる。

「あなたはどうして私が桂さんの名刺を持っているってわかったんですか？　私自身

も忘れていたのに」

「それはまあ……思いつきみたいな感じです」

花菜は笑って誤魔化した。腑に落ちない顔をしながらも納得したのか、車崎はそれ以上は突っ込んではこなかった。

「機種変更か……」

車崎はシャツの胸ポケットからスマホを取り出した。花菜に画面を見せる。——液晶には見事にヒビが入っていた。

「閉店作業をしている時に、落として割ったんです。ひどい状態でしょう?」

「これは絶対に機種変更が必要ですね」

花菜はもう一度、力強く勧めた。『花倖』の閉店と共に車崎がスマホを割ったことに、運命的なものを感じた。

(『花倖』というお店が、最後に車崎さんに勇気を与えようとしたのかも)

魚の栓抜きを車崎に差しだす。

「桂さんに差し上げてください。後悔しないように」

車崎は一瞬迷う様子を見せたが、心を決めたように栓抜きを受け取った。

「最新機種、使いこなせるやろか」

苦笑いをする車崎に、花菜は明るく笑いかけた。

「大丈夫ですよ。きっと優秀な店員さんが教えてくださいます」

二人で笑い合っていると、背後から声が聞こえた。

「なかなか戻って来ぃひんから様子を見に来たんやけど、車崎さんが来てはったんやね。こんにちは」

振り向くと、一眞が『縁庵』の入り口から顔を出していた。

車崎が、

「進堂君、こんにちは。奥さんを引き留めてかんにん。もう帰ります」

と会釈をする。

「もしまた新しい店を開くことになったら、二人で食事に来てください」

花菜は「さようなら」と声をかけ、一眞は「またお会いしましょう」と言って、車崎と握手をした。

車崎は二人に背を向けると、御幸町通を上がって行き、三条通を曲がって姿を消した。

「えらい長話をしてたんやね。何を話してたん？」

「栓抜きを引き取ってほしいっていう話と、あとは……ふふっ、家に入ってから話しますね」

一眞の問いかけに、花菜は悪戯っぽく微笑んだ。

車崎が桂の勧める携帯ショップへ行き、彼女と何を話すのかはわからない。ただ機種変更をするだけかもしれないし、思い切って食事に誘うかもしれない。告白をしても恋は成就しないかもしれない。

どんな結果になったとしても、勇気を出すことを決めた車崎に、花菜は拍手を送りたかった。

「部屋に戻ろうか」

一眞は花菜を促し『縁庵』に入ろうとして足を止めた。花菜の肩越しに御幸町通を見て、怪訝《けげん》な顔をする。

「どうかしましたか?」

「今、誰かがこっちを見ていたような……」

周囲を見回す一眞と同じように、花菜も御幸町通をぐるりと見渡す。

居酒屋にビール樽を運び込む酒屋の青年。レンタル着物屋から出てくる外国人観光客。通り過ぎるタクシー。

ブリーフケースを持ったポロシャツ姿の中年男性が、1928ビルを曲がり、三条通に姿を消す様子が目に入り、花菜はふと既視感を覚えた。

「花菜さん、早く家に入ろう」

一眞はそう言うと、軽く花菜の背を押した。ちらりと三条通に目を向けた後、戸を閉め、鍵をかける。

花菜の手から紙袋を受け取り、中を覗き込んだ。

「『花俥』にあった栓抜きやね」

「車崎さん、『一生懸命集めていた物なので、捨てるのは忍びなかった』っておっしゃってました。誰かにあげてほしいって。貰い手、現れるでしょうか？」

「面白いし、誰か貰てくれる人が出てきそうやね。さっそく写真を撮って、ＳＮＳに上げてみよか」

階段を上がっていく一眞の後に、花菜は続いた。細身だが、背の高い一眞の背中は広く感じる。

（頼りがいがあって優しくて、でも、弱くて危うい人）

年齢なんて関係ない。花菜は一眞だから好きになった。

「もっと近付きたい……」

花菜のつぶやきが、一眞に聞こえたのかどうかはわからなかった。

第四章　嫉妬と戸惑い

「一眞さん、お願いがあるんです！」

いつものように『縁庵』にやって来た常連客、志絵は、カウンター席に座るなり一眞に向かって両手を合わせた。

「お願いですか？」

キッチンで抹茶チーズケーキを盛り付けていた一眞が顔を上げて、志絵を見返した。皿の上にはチョコレートソースで綺麗な花が描かれている。

「私、親に頼み込んで、後期から一人暮らしをさせてもらうことにしたんです。でも、無理を言って許してもらったから、なるべくバイト代で頑張らなきゃいけなくて……さしあたり、家電を揃えられなくて困ってます！　一眞さんって、不要品を集めてSNSに載せて、欲しいっていう人にあげたはりますよね？　家電、出てたりしませんか？」

「具体的に、どんな家電が欲しいんですか？」

花菜に皿を差しだしながら、一眞が尋ねる。花菜はケーキ皿をトレイに載せるとキッチンを出た。二人の会話を気にしながら、窓辺の席に座る客に持っていく。

「お待たせしました。抹茶チーズケーキです」

テーブルに置くと、スマホを見ていた五十代ぐらいの女性客が顔を上げ「ありがとう」と会釈をした。巻き髪が上品な女性だ。椅子に置かれているバッグはブランド品で、上流階級のご婦人といった雰囲気を感じる。

「まあ、可愛い」

女性はデコレーションされたケーキを見て目を輝かせた。

「ごゆっくりどうぞ」

「あっ、あなた……」

女性客は、会釈をしてテーブルを離れようとした花菜を呼び止めた。

「はい？」

何か追加注文があるのだろうか。エプロンのポケットから伝票を取り出した花菜の顔を、女性客は少しの間見つめた後、

「いいえ……なんでもないわ」

と、微笑んだ。

「……？」

妙に思ったが、用があればまた呼ばれるだろう。

一眞と志絵の会話の続きが気になっていたので、花菜が足早にキッチンに戻ると、

既に一眞が志絵の頼みを了承しているところだった。

「いいですよ。ほな、ちょっと探してみます」

「ありがとうございます！　さすが一眞さん、頼りになる〜！」

弾んだ声を上げた後、志絵はさらに言葉を続けた。

「お礼をしたいので、今度、一緒にご飯食べに行きませんか？」

「お礼って、まだなんにもしてへんよ」

苦笑した一眞に、志絵が食い下がる。

「これからしてくれはるやないですか。それに、いつもおいしいものを食べさせてもろてるし！」

「お客さんから『おいしい』って言うてもらえると嬉しいです」

一眞が志絵に向かい、さらっと「お客さん」を強調する。唇を尖らせる志絵を見て、花菜はもやもやとした気持ちになった。

（志絵さん、絶対に一眞さんのことを狙ってる）

普段、行動を共にしている紀香がいないので、いつも以上に積極的な志絵にハラハラする。

（一眞さんの奥さんは私なんだから……）

キッチンに入った花菜は、志絵に見えないように、エスプレッソマシンの裏で頬を膨らませた。

　拗ねている花菜に気が付いたのか、一眞がちらりとこちらを見た。

「二人きりが嫌やったら、紀香も誘います。行きましょうよぉ〜」

　一眞はしつこい志絵に向かい、よそ行きの笑みを浮かべた。

「お客さんと個人的にどこかに行ったりはしないようにしてるんです。プライベートと仕事は分けたいし、それに僕、既婚者やからね。奥さん以外の女性とは出かけません」

　にっこりと笑った一眞を見て、志絵の目が丸くなる。

「えっ？　一眞さん、結婚したはったんですか？」

「うん。彼女が奥さん」

　一眞は隣の花菜を手のひらで指し示した。志絵の視線が花菜に移る。今までアルバイトだと思っていた自分と同い年ぐらいの女の子が、一眞の妻だったと知ってショックを受けたのか、口がぽかんと開いている。

「嘘ぉ……」

「嘘やないよ。ね、花菜さん」

「はい」

　同意を求められ、花菜は一眞に笑い返した。花菜を妻だと紹介し、はっきりと志絵を拒絶してくれたことが嬉しい。

志絵の嫉妬のまなざしを感じる。あらためて一眞は他の女性から見ても魅力的な男性なのだと再認識した。これから先も、こんなことがあるかもしれない。

（一眞さんの隣に立っていても恥ずかしくない奥さんにならなくちゃ）

どんなに綺麗な女の人が一眞に近付いて来ても、今のように突っぱねてもらえるよう、一眞にとって唯一の女性になりたい。


その夜、一眞はさっそくＳＮＳに「家電を探しています。炊飯器、電子レンジ、掃除機、テレビ。お譲りいただける方がいらっしゃいましたら、ご連絡ください」と投稿した。

「見つかるでしょうか？」

花菜がキッチンでコーヒーを淹れながら尋ねると、一眞はスマホを充電器に繋いでから答えた。

「どうやろ？　フォロワーは多いから、誰かからアクションはあるかもしれへん」

家電は故障していることもあるので、引き取りは慎重にならないといけない。壊れた物を貰ってしまったら、捨てる時に廃棄費用を払うのは一眞になる。

「一眞さん、コーヒーが入りました。それから、今日の夜のお菓子は、この間、亜紀《あき》さんがくださったバターサンドです」

花菜はマグカップと、個包装されたバターサンドを一眞に手渡した。

亜紀は『縁庵』の近くに住んでいる一眞の幼なじみだ。時々『縁庵』に立ち寄り、お菓子を差し入れしてくれる。

花菜も一眞の隣に腰を下ろし、バターサンドの袋を破った。クッキーに齧り付くとサクサクとした食感で、中からとろりとしたバタークリームとバターキャラメルが出てくる。

二人で並んでコーヒーを飲みながらお菓子を食べる、夜のカフェタイム。花菜はこの時間が大好きだ。

一眞がテレビを点ける。花菜は空になったマグカップをキッチンの流しに入れた後、カーペットの上に転がっていたオオサンショウウオのぬいぐるみを引き寄せ、抱きかかえた。

「そのぬいぐるみ、えらい気に入ってるね」

「抱っこするのにちょうどいいんです」

毎日一緒に寝ているので、この子を抱いていると落ち着く。

「サンちゃんって名前を付けました」

そう言うと、一眞が「ぷっ」と吹き出した。

「サンちゃんって……そのまんまやん」

ツボに入ったのか、お腹を押さえている一眞を見て、花菜も釣られて笑ってしまう。

「可愛いでしょう?」

「花菜さん、ネーミングセンスがええね」

涙を浮かべて笑いながら言われると、褒められているのか、からかわれているのかわからない。

テレビでは二人が毎週楽しみにしているグルメドラマが始まっていた。主人公がおいしそうに丼を食べている様子が映っている。ほのぼのとした内容のドラマが、花菜と一眞の二人きりの時間に温かさを添える。

(ああ、いいなぁ。いつまでもこうして一眞さんと二人でいたい)

時々、ふっと怖くなる。花菜の両親は早逝してしまった。一眞の両親もだ。人はいつ死ぬかわからない。一眞が花菜より先に逝ってしまう可能性だってあるし、逆も然り――

言いようのない不安を感じていると、不意に一眞のスマホが鳴った。ドキッとしてスマホに目を向けたら、液晶画面が着信を知らせている。

一眞が身を乗り出して充電器からスマホを外した。通知された名前を見て、一瞬驚いた顔をした後、「もしもし」と通話を始めた。

「こんばんは、進堂君」

「杉田《すぎた》さん、こんばんは。久しぶりやね。急にかかってくるから、びっくりしたわ」

「ふふっ、今は杉田やなくて、間宮《まみや》よ」

「結婚しはったん？」

「そう。三年前にね」

相手の声が大きく、花菜にもところどころ会話が漏れ聞こえてくる。

「SNSで見たんやけど――」

「うん、そう。今、カフェのお客さんに頼まれて、家電を探してるねん」

「それなら――」

「ほんま？　ほんなら譲ってくれはる？　――宮津《みやづ》？　行けへんこともないし、取りに行こかな」

十分ほど話した後、一眞は通話を切った。

「どなたからだったんですか？」

相手が女性のようだったので気になって尋ねると、一眞は懐かしそうな口調で答えた。

「間宮奈保《なほ》さんっていって、中学校時代の同級生やねん。今は結婚して、宮津に住んではるんやって。電話がかかってくるなんて、八年前の同窓会以来やわ」

旧友からの電話が嬉しかったのか、一眞の声は弾んでいる。

「ご用事だったんですか？」

「志絵さんに頼まれていた家電の一つがテレビやったやろ？　間宮さんが、新しいテレビに買い換える予定やから、古いのでよければあげるって言うてくれはってん。『縁庵』のＳＮＳを見て連絡してくれたんやって。そやし、宮津の間宮さんの家まで取りに行こうと思う」

「宮津まで？　送ってもらったら良いのでは？」

宮津市は京都をずっと北へ上った日本海側だ。わざわざ遠方まで行くなんて大変だろうと思い提案すると、一眞は首を横に振った。

「タダで譲ってもらうんやから、送料を負担してもらうのは申し訳ないし」

(間宮さんは不要品を手放せるんだから、お互い様だと思うんだけどな)

釈然としないものを感じたが、一眞がそう言うなら、反対はできない。

(相変わらず、お人好し)

花菜はそっと苦笑した。

「いつ行くんですか？」

「来週の定休日に合わせて一日臨時休業にしようかと思う。花菜さんも一緒に行かへん？」

「一泊二日で温泉旅行。……嫌？」

子犬のような目で尋ねられて、思わずキュンとした。

（その顔はずるい）

花菜は照れくさい気持ちで「いいですよ」と答えた。一眞がほっとした顔で「よかった」とつぶやく。

二人で旅行など、去年の淡路島《あわじしま》以来だ。

淡路島旅行の時は、花菜と一眞はまだ仮初め夫婦の間柄だった。

（今回の旅行は入籍してから初めての旅行だから、新婚旅行になる……よね？）

そう思ったら、頬が熱を持った。あの時とは確実に自分たちの関係は変わっている。

花菜はドキドキする気持ちを落ち着けようと、サンちゃんをぎゅっと抱きしめた。

＊

京都市内を出て、京都縦貫自動車道を北へと一時間半ほど走ると、山間から市街地に入った。ナビに従って宮津市の中心地に向かう。

「わぁ、海だ！」

花菜は歓声を上げた。普段は山に囲まれた京都市内に住んでいるので、海辺は見慣れず、新鮮な気持ちになる。

「花菜さん、ほら」

一眞が指差した先に目を向けると、海の中に松並木の砂嘴《さし》が見えた。

「もしかしてあれが天橋立《あまのはしだて》ですか？」

「そうやで」

写真で見たことのある天橋立は、海を仕切るように伸びる松の道だったと思うが、こうして横を走っていると全景は想像できない。

今ひとつピンと来ていない顔をしている花菜を見て、一眞が言い添える。

「あとで展望台に行くし、そこからなら、もっとよう見えるで」

北側の府中《ふちゅう》エリアに天橋立傘松公園《あまのはしだてかさまつこうえん》という展望公園が、南側の文殊《もんじゅ》エリアには天橋立ビューランドという展望所があるらしい。

宿泊予定のホテルは文殊エリアにあると聞いている。一眞は、天橋立を観光してから、ホテルに向かう心づもりのようだ。

しばらく走ると、『天橋立ビューランド』と書かれた看板が見えてきた。道を曲がり、踏切を越えた先の駐車場に車を停める。目の前に、山上へ向かうリフトとモノレールの乗り場があった。

「この上に展望所があるんですか？」

「うん、そうやで」

切符を購入し、モノレール乗り場へ向かいながら一眞が花菜の問いかけに頷く。

定員二十名のモノレールは、それなりに混んでいたが、二人は運良く窓辺の位置に立つことができた。

モノレール内に流れる「天橋立は、潮の流れと川の流れの押し合いによって砂が堆積し、今の姿になった」という旨のアナウンスを聞きながら、窓の外に目を向ける。次第に見えてくる天橋立の姿に、花菜は小さく歓声を上げた。

「ずうっと向こうまで続いていますね」

他にも人がいるので、控えめな声で話しかけると、一眞は花菜を見つめながら「そうやね」と相づちを打った。

「一眞さん、景色見てます？」

「見てるで」

一眞は花菜に促されて窓の外に目を向けた。天橋立をあまりめずらしがっていないので、彼は過去にもここに来たことがあるのだろう。

「一眞さんは、丹後《たんご》は初めてではないんですか？」

誰と来たのか気になって聞いてみたら、

「子供の頃、両親と来たことあるねん」

と答えた。一眞のまなざしが遠くなる。

一眞の両親は彼が二十三歳の時に亡くなっている。一眞は、両親の死の原因が自分にあると、長い間、自らを責めていた。

(私と結婚して、気持ちは変わったのかな……?)

花菜は一眞に、自分がいつかきっと一眞の後悔を消してみせると約束した。具体的にどうしたらよいのか答えは出せていないが、花菜が一眞を愛していて、必要としているのだと、伝えていくことはできるはずだ。

七分ほどでモノレールは山上の駅に着いた。

人の流れに乗って外に出る。

「ここからの眺めは飛龍観《ひりゅうかん》って呼ばれてるらしいで。天橋立が、龍が飛んでる姿みたいに見えるからなんやって」

海に伸びる松の道は、一眞の言うとおり、青空に上っていく龍の姿に似ている。

広場は小さな遊園地になっていた。観覧車やメリーゴーランドがあったが、誰も乗ってはいない。『飛龍観回廊』という回廊があったので、らせん階段を上ってみる。空中を歩けるように設置されている通路は、思っていたよりも高く足が竦んだ。

「怖い……」

先に歩きだした一眞が、手すりにしがみついて足を震わせている花菜に気付き、振り返った。

「そういえば、花菜さんって、高い場所が苦手やったっけ」

前に淡路島へ行った時、渦潮《うずしお》を真上から見ることのできる大鳴門橋《おおなるときょう》内の歩道を歩いた。一眞は、あの時も怖がっていた花菜のことを思い出したようだ。

へっぴり腰になっている花菜のところまで戻ってくると、一眞が花菜の手を取った。

「こうすれば怖くないやろ?」

不意打ちに手を握られて、一瞬心臓が跳ねた。一眞の手の温かさで次第に恐怖感が和らいでいく。恐る恐る進む花菜の歩調に合わせて、一眞もゆっくりと歩いてくれる。

「天橋立は、天にいるイザナギが地上にいるイザナミに会いに行くために、天からかけた梯子《はしご》が、倒れてできたものやって神話があるねん」

「随分、大きな梯子ですね」

「天と地を繋いでいた梯子やし、あれぐらい大きくないと届かへんかったんと違う?」

「確かにそうかも」

たあいない話をしているうちに回廊の出口に辿り着いた。地上はやはりほっとする。ベンチに座って景色を眺めているカップルや家族連れを横目に見ながら、モノレール乗り場へ戻る。

一眞が「帰りはリフトに乗ってもええね」と言ったが、花菜は「嫌です」ときっぱり断った。身一つの空中散歩なんて、高所恐怖症には耐えられない。

来た時と同じようにモノレールで山の下まで戻ると、車を駐車場に置いたまま、二人は徒歩で天橋立へ向かった。

お腹が空いてきたので軽く何か食べようということになり、天橋立手前の、小天橋《しょうてんきょう》を望めるカフェに入る。窓の外、すぐ目の前は水路だ。

レジカウンターで、地元名産のオイルサーディンを米粉パンで挟んだというサーディンバーガーを注文し、窓辺の席に座る。

「オイルサーディンのバーガーって、食べるの初めてです」

「僕もや」

期待しながら待っていると、注文番号が呼ばれた。受け取りカウンターで料理を受け取り、席に戻る。

バーガーを袋ごと手に取ると、できたてで温かかった。どんな味なのか興味津々で囓ってみたら、梅風味のソースがさっぱりとしていて食べやすい。スライスタマネギもいいアクセントになっている。

「おいしい！」

満面の笑みを浮かべる花菜を見て、一眞もバーガーに齧り付く。

「ほんまや。おいしいね」

「オイルサーディンと梅って合うんですね。意外」

二人で夢中になって食べていたら、水路を通って観光船が近付いて来た。小天橋が動き、ゆっくりと開いていく。

「橋が回ってますよ！　一眞さん！」

びっくりして興奮した声を上げた花菜に、

「船が通るたびに、一文字に橋が旋回するねん。そやし、回旋橋《かいせんきょう》とも呼ばれてるんやって」

と、一眞が教えてくれる。

「へえ～！　面白いですね！」

バーガーを食べてコーヒーを飲み、のんびりしている間にも、何度も船が通り、橋が動く。そのたびに係員が橋の上に立ち、注意確認をする。花菜は思わず、

「結構、忙しそうですね」

と漏らした。

「昭和三十五年に電動化されるまでは手動やったらしいで」

「えっ？　それって、当時はもっと大変だったのでは……」

昔の人の苦労を想像し目を丸くした花菜を見て、一眞が「そうかもね」と微笑む。

お腹が落ち着き、カフェを出ると、二人は小天橋に向かった。対岸としっかり繋がっている赤い欄干の小天橋を渡れば、青い欄干の大天橋《だいてんきょう》が現れる。さらに進めば、天橋立の中だ。

対岸まで歩くと五十分かかるらしいので、途中にある天橋立神社まで行って、引き返そうということになった。

夏の日差しは木々で遮られ、時折、鳥の鳴き声が聞こえる。

花菜と一眞の間に会話はない。神様が架けた橋だという、この場所の空気を全身で感じながら、二人肩を並べて、ただ歩く。もし隣にいるのがそれほど親しくない相手だったら、無言の時間はきっと居心地が悪かっただろう。

（波長が合うって、こういう感じなのかな）

思えば、一緒に暮らし始めた時から、一眞との同居に抵抗感はなかった。

（あまり内心を見せない、ミステリアスな人ではあるけれど）

当初は、何を考えているのかよくわからなかった。今もやはりそれは変わらず、彼の内心が読めない時がある。

花菜に深く触れようとしない理由もわからない。

（夫婦、なのに……）

いずみに「信じらんない」と言われたことが頭をよぎる。

（やっぱり不自然……だよね……。新婚なわけだし……）

悶々《もんもん》と悩み始めたら、隣で涼しい顔をしている一眞が憎らしくなってきた。

少しぐらい、慌てさせてみてもいいのではないだろうか。

花菜は思い切って、自分から一眞の手を取った。そのまま、ぎゅうっと強く握る。

不意打ちにびっくりしたのか、一眞が目を丸くしてこちらを向く。

「花菜さん？　急にどうしたん？」

めずらしく焦った様子の一眞を見て、花菜の口元に笑みが浮かぶ。いつも余裕綽々《しゃくしゃく》な彼がこんな顔をするのならば、たまには踏み込んでみるのも悪くない。

――もっと、踏み込めたらいいのだけど。

手を繋いだまま歩いていくと、目の前に小さなお社が見えてきた。天橋立神社と記された石柱が立っている。

鳥居をくぐって境内に入る。

「ここって、恋愛祈願のパワースポットなんやって」

お社の前まで進み、一眞はぽつりとそう言った後、花菜の手を離した。賽銭《さいせん》を入れ、二拝、二拍手をして、目を閉じる。花菜もその横で丁寧に祈る。

（一眞さんと、ずっと一緒にいられますように）

目を開ければ、一眞は花菜の隣で、まだ目を瞑《つむ》っていた。真剣な表情を浮かべて、何を祈っているのだろう。

願わくば、花菜と同じ想いだったらいい。

もう一度、お社に向かって深く頭を下げる。隣の一眞も同じように一拝した後、二人は目を合わせた。

今度は一眞が手を差しだす。

「戻ろうか」

「そうですね」

花菜はそっと手のひらを重ねた。一眞の長い指が、花菜の指に絡む。

二人はゆっくりと松並木の中を戻っていった。


その日のお宿は、天橋立からほど近いホテルだった。

チェックインを済ませて、部屋へ向かう。

和洋室は広く、清潔感があった。窓辺に近付いてみると、すぐ近くに天橋立が見える。最高の立地だ。

外を眺めていた花菜は二つ並んだベッドに目を向けた。

(さすがに今回は別々の部屋じゃなかった)

以前の淡路島旅行の際、一眞はわざわざ二つ部屋を取ったのだ。

旅先で別々の部屋だというのは寂しいが、同じ部屋だというのも緊張する……

「食事は十八時半からやって。まだ時間はあるけど、先に温泉に行く？」

洋室でぼんやりしていた花菜は、一眞に声をかけられて我に返った。

「あ、は、はい。温泉があるんですね」

慌てて返事をして、和室に荷物を置いている一眞のそばへ戻る。

スマホの時計を確認すると、入浴して十八時半までに戻ってくるには微妙な時間だった。

「ご飯の後にします」

「ほな、僕もそうしよう」

「ロビーの外に足湯がありましたよね？」

先ほどロビーを通ってきた時、海の見えるウッドデッキに足湯があることを、花菜は目敏《めざと》くチェックしていた。

「そういえば、あったね。行ってみる？」

花菜の希望を察し、一眞が提案する。

「行きたいです！」

二人は部屋に鍵をかけるとロビーへ向かった。

自動販売機でお茶を買い、フロントやお土産コーナーのある広いロビーを横切って庭に出る。飛び石がウッドデッキへ続いている。

足湯には誰もいなかった。ウッドデッキへ上がり、そばの椅子に腰掛け、靴下を脱ぐと、二人はいそいそと湯に足を入れた。肌当たりの良い柔らかな湯は、ちょうどいい温度だ。

目の前は海。右手には天橋立の松並木が見える。

足を湯に浸けているので体に血が巡り、じんわりと汗をかいてきて、喉が渇く。花菜はお茶を一口飲むと、一眞に話しかけた。

「明日お伺いする間宮さんって、どんな方なんですか?」

花菜の質問に、一眞は記憶を思い返すように宙を見た後、

「明るくて、ええ子やで」

と答えた。

「中学校時代のクラスメイトで、クラスの女子の中心になってはった子やねん。そういえば、間宮さんと一緒に文化祭の劇に出たこともあったっけ」

「一眞さんはなんの役だったんですか?」

気になって聞いてみたら、一眞は苦笑いを浮かべた。

「シンデレラの王子様。ガラやないやろ?」

（ガラじゃないどころか、むしろぴったり）

花菜は心の中でそう思ったが、一眞が「黒歴史」と言って恥ずかしそうにしているので、口に出さなかった。

「間宮さん、八年前に同窓会があった時にも来てはったけど、中学の頃と全然変わってはらへんかったなぁ」

懐かしそうに目を細める一眞を見て、ふと、間宮奈保は一眞にとって特別な女子だったのだろうかと考えた。

（クラスの中心になるような子なら、きっと可愛かっただろうし……）

中学時代、花菜は真面目で目立たないタイプの生徒だったが、クラスの人気者だった女子は見た目も可愛くて性格も明るく、男子によくモテていた。

一眞は青春時代、どんな少年で、どんな恋愛をしていたのだろう。

「………」

黙り込んでしまった花菜に気付き、一眞が顔を覗き込んだ。

「どうしたん？　今日はたくさん歩いたし、足湯に入って疲れが出た？」

「疲れは大丈夫です。一眞さんにも青春時代があったんだなぁ、って考えていたんです」

「そら僕にも若い頃はあったで」

肩を竦める一眞の言いようを聞いて「今も若いのに」と笑う。

（私が一眞さんと同い年で、一緒の学校に通っていたら、どんな感じだったんだろう）

叶わない過去を想像し、花菜は、クラスメイトだったという間宮奈保を羨ましく思った。


翌日、二人は、宮津市の中心地にある間宮奈保の家に向かった。

睡眠不足の花菜は、車に揺られてついうとうととしてしまう。

昨夜、一緒の部屋で寝るからと緊張していた花菜にお構いなく、運転疲れもあったのか、一眞はベッドに入るなり、すぐに寝入ってしまった。

一方の花菜は眠りが浅く、夜中に何度も目が覚めた。

（睡眠不足は一眞さんのせい）

「花菜さん、眠かったら寝てていいで」

花菜の昨夜の懊悩《おうのう》も知らず、今日も爽やかな一眞が恨めしい。

奈保の自宅だという小綺麗な一戸建てに到着し、玄関のインターフォンを鳴らすと、朗らかな笑顔の女性が扉を開けた。

「いらっしゃい。進堂君！」

元気よく一眞の名前を呼んだ奈保は、大きな瞳が印象的な可愛らしい人だった。一眞と同級生なのだから三十路を迎えているはずだが、年齢を感じさせない。

「えっと……あなたが進堂君の奥さん？」

奈保は花菜を見ると、疑問形で尋ねた。花菜は丁寧に頭を下げ、

「花菜です」

と名乗った。一眞から事前に「間宮さんには、奥さんも連れて行くって伝えてあるし」と聞かされていた。

奈保はまじまじと花菜を見つめ、「ふぅん」とつぶやいた。

「若そうやね」

不躾《ぶしつけ》な視線とその言葉が、「小娘は一眞に相応しくない」と言われているように感じて、花菜は少し複雑な気持ちになったが、愛想良く奈保に笑い返した。

「二十一です」

「思ってたよりも、さらに若かったわ。もしかして、大学生？」

「大学には行っていないです」

「へえ～、高卒なんや。あっ、上がって上がって」

彼女の言葉が、いちいち妙にひっかかる。

奈保に案内されて廊下を歩きながら、一眞が親しげに声をかけた。

「元気そうやね。間宮さん」

「元気やで。進堂君に間宮さんって言われると、変な感じやわ」

「ご結婚して宮津に住んではるって知らへんかったわ。旦那さんは今日は仕事に行ってはるん?」

「この近くに旦那の実家があるの。旦那は薬剤師よ」

リビングダイニングに入ると、壁に最新式の薄型テレビが掛けられていた。置き型に比べて場所を取らないので、部屋の中がすっきりとして見える。

「この間、新しいテレビを買ったの。それで、古いのはあっち」

奈保が指差した先に、やや小さめの液晶テレビが置かれている。

「まだ使えるんやけど、置く場所もないし、主人と『もったいないけど、捨てようか』って話してたの。進堂君が欲しがっているのを知って、貰ってもらえたらありがたいなって思って連絡したんだ」

「人に頼まれて探してたから、助かった。遠慮なくいただきます」

「お役に立ててよかった!」

「ほな、車に運ぶわ」

一眞がテレビを持ち上げようとしたが、一人では大変そうだったので、花菜はすかさず手伝った。奈保も花菜の側にまわり、テレビを支える。

三人がかりでテレビを家の外に出し、車の後部座席に載せる。座席がいっぱいになってしまったが、帰りも花菜と一眞の二人だけなので問題はない。

「テレビの代わりと言ってはなんやけど、これお土産」

一眞が持ってきたお菓子を差しだすと、トラの柄の紙袋を見て、奈保は弾んだ声を上げた。

「わぁ、嬉しい！　これ、ええとこの羊羹やね」

「ご家族で食べて。今日はおおきに」

早々にお暇《いとま》しようとした一眞の腕を、奈保が摑んだ。

「せっかく来てくれたんやもの。もう少しゆっくりしていって。お菓子も用意してたのよ」

一眞は迷うように花菜を見た。旧友が誘っているのだから、花菜の意見を聞かずともよいのにと思いながら、頷いてみせる。

「これから京都に帰らなあかんから、ちょっとだけ……」

「嬉しい」

奈保は満面の笑みを浮かべると、一眞の腕を引いた。そのまま、玄関に入っていく。

（奈保さんって、ただの同級生？）

彼女も結婚しているのだから、気にすることもないと思いつつも、一眞に対して馴れ馴れしい態度にもやもやする。

リビングダイニングに戻ると、勧められるまま、二人はソファーに腰掛けた。

キッチンに入った奈保は、いそいそとお茶を淹れている。

ソファーの前のローテーブルに、中学校の卒業アルバムと小さな箱が置いてあるのが目に留まった。

（もしかして、一眞さんと奈保さんの通っていた中学校のアルバムかな？）

花菜がアルバムを気にしていると、お盆を持った奈保が戻って来た。花菜と一眞の前に、お茶とお菓子を出してくれる。

「宮津のお菓子なの。どうぞ」

奈保に勧められて、お菓子の袋を破る。中から出てきたのは、焼いた餅生地の和菓子だった。粒餡が入っていて、もちっとした食感で食べ応えがある。

花菜が黙々とお菓子を食べる横で、一眞と奈保は昔話に花を咲かせ始めた。

「中三の時の文化祭、覚えてる？」

「シンデレラ？」

「そうそう。進堂君が王子様で、私がシンデレラだったよね」

昨日、足湯に浸かりながら、一眞が文化祭の劇で王子様の役だったという話は聞いていたが、奈保がシンデレラ役だったのは初耳だ。

「進堂君の王子様姿に、女子は皆、キャアキャア言ってたよね。懐かしいな～」

両手を組んで、うっとりした表情を浮かべる奈保に、一眞は苦笑を向けた。

「皆に押し切られて……ほんまにあの時は困った」

「似合ってたよ。私、他の子たちにすごく羨ましがられたもん。進堂君が来るから、懐かしくなって卒業アルバムを出してきたの。見る？」

奈保がローテーブルに置かれていた卒業アルバムを引き寄せ、開いた。制服姿の学生たちが写っている。

「進堂君の王子様姿もあったはず」

奈保は次々とページを繰っていく。すると、王子様姿の一眞とお姫様姿の奈保が並んでいる写真が現れた。

「うわ、恥ずかし」

自分の仮装を直視できないのか、一眞が目を逸らした。

幼さの残る一眞が、写真の中で恥ずかしそうに横を向いている。その隣の奈保は満面の笑みだ。二人の背後には、ふざける同級生たちの姿が写っていた。主役二人を、囃《はや》し立てている声が聞こえてくるようだ。文化祭の喧噪と、学生たちの浮かれている様子が、写真から伝わってくる。

（私もこの場にいたかった）

羨ましい気持ちで、花菜は写真を見つめた。

「進堂君って昔から大人びていて、クラスの中でも飛び抜けてかっこよかったし、女子にすごく人気あったのよ。シンデレラ役も争奪戦で、クラスの女子で勝ち抜きじゃんけん大会をしたんやから」

花菜に向けて奈保が思い出を話す。懐かしそうな、それでいて自慢げな様子に、花菜の胸がちくんと痛む。

「そんな話、私にしなくてもいいんじゃない？」という気持ちになり、心の狭い自分が嫌になった。

「ああ、そうそう。進堂君に返したい物があったんだ」

奈保はそう言いながら、小箱を手に取った。蓋を開けると、ぽろんと音が鳴った。どうやら箱はオルゴールのようだ。

「これ、覚えてる？」

奈保が中からつまみ出したものを見て、一眞が目を丸くした。

「もしかして、僕の制服のボタン？」

「ふふっ、覚えてくれてたんや」

奈保はボタンを一眞に手渡すと、花菜に視線を向けた。

「私が中学生の時にクラスで流行ってた少女漫画があったんやけど、ヒロインが好きな男の子に、卒業式で第二ボタンを貰う場面が出てくるの。女子は皆、それに憧れちゃって、卒業式に好きな男子からボタンを貰うのが流行ったのよ。うちの制服はブレザーやったから、定番の詰め襟のボタンやなかったんやけどね」

（やっぱり、奈保さんは一眞さんが好きだったんだ）

奈保の様子から、薄々感づいてはいた。笑いながら話す奈保の顔を見たくなくて、花菜は俯いた。

「そうやったん？　僕は、なんでこんな変な物が欲しいんやろって思いながら、あげたんやけど……」

奈保の気持ちを初めて知ったのか、一眞は驚いた顔をしている。

「進堂君って鈍感だったもんね。やっぱり気付いてなかったんだ」

奈保は苦笑いを浮かべて、肩を竦めた。

「私は進堂君とは別の高校に進学が決まっていたし、諦めて告白はしなかったんやけど、その様子だと、告白していても、なんにも変わらなかったんやろうなぁ」

「本当に気付いてなかった。ごめん」

一眞が申し訳なさそうに謝る。

「いいよ、別に。もう昔の話やもん。この間、片付けをしていて、そのボタンが出てきたの。そうしたら急に懐かしくなってしもて、久しぶりに会いたいなぁと思って進堂君のお店のSNSを覗いたら、不要になったテレビを探してるって書いてあったから、思わず連絡しちゃった。こんな遠くまで来させてごめんね」

奈保からの突然の電話には、そんな真意があったのか。

「でも……結婚してたなんて知らへんかった。幸せになってたんやね」

ぽつりとつぶやいた後、奈保は花菜のほうを向いて、にこりと笑った。

「奥さんにまで、同窓生の思い出話に付き合わせてごめんなさい」

「いいえ……」

「そのボタン、捨てるのもどうかと思ってたし、進堂君に返すわ」

一眞は一瞬、困ったような表情を浮かべたが、ボタンをシャツの胸ポケットに入れた。

(返してもらうんだ……)

複雑な気持ちで一眞を見つめる花菜の視線に気が付いたのか、一眞が柔らかな微笑みを浮かべる。

「花菜さん、そろそろ帰ろうか。京都まで時間かかるし、お暇するわ」

一眞は、前半は花菜に、後半は奈保に声をかけ、立ち上がる。

「また連絡するね」

奈保は名残惜しそうだったが、一眞は曖昧に笑っただけだった。

奈保に見送られながら、彼女の家を後にする。

時折、後部座席に載せたテレビが揺れて音を立てる。それ以外、車内は静かだ。

（奈保さん、私にマウントを取りたかったのかな）

学生時代、一眞に片想いをしていて、卒業式にボタンを貰ったなんて話、花菜に聞かせる必要はなかったはずだ。

まだ使えるテレビを手放して、最新式の物に買い換えるぐらいだから、奈央の生活には金銭的余裕があるのだろう。奈保が夫の話をする口ぶりからは、夫婦仲が悪いようにも思えなかった。深い部分はわからないものの、表向き、彼女は幸せな生活を送っているように見えた。

それでも、想いを寄せていた昔の同級生が、大人になって別の女性と結婚した姿を見るのは、一抹の悔しさを感じるものなのだろうか。

（なんか、そういうのって嫌だな……）

奈保の妬みの感情に振り回されている自分の弱さも嫌になる。

窓の外を眺めて黙り込んでいる花菜が気がかりなのか、一眞がそっと声をかけてきた。

「花菜さん？」

心配そうな一眞に、奈保の思い出話を聞いてもやもやしているのだとも言えず、

「なんでもないですよ」と答える。

けれど、一眞は花菜の気持ちを察したのか、気遣うように言葉を続けた。

「間宮さんはただのクラスメイト。それ以上でも以下でもなかったし、たぶん今後はもう、お付き合いすることもないんと違うかな」

奈保はこれからも連絡をしたい様子だったが、一眞のほうにはその気がないとわかって、花菜は少しほっとした。

この後は一路京都に向かうだけだと思っていたが、一眞は海の方角へハンドルを切った。

「あれっ？　京都は逆ですよね？　どこへ行くんですか？」

花菜の質問には答えず、一眞は海辺近くの駐車場に車を停めると、車外に出た。花菜も慌てて車を降りる。海に隣接する公園へと入っていく一眞を追いかける。

（海を見たくなったの？）

一眞は防波堤まで行くと立ち止まった。シャツの胸ポケットから、奈保に返された制服のボタンを取り出す。そして、なんの躊躇《ちゅうちょ》もなく、思い切り海へと放り投げた。

小さなボタンが海に落ちる、微かな音が聞こえた。

予想外の行動に目を丸くしている花菜を振り向き、一眞が微笑む。

「これでさよならや」

一眞が断ち切ったのは、奈保の気持ちに気付かなかったことへの後ろめたさか、それとも彼女との今後の縁か。

人との繋がりを大切にする彼に思い出を捨てさせたような気がして、罪悪感を感じている花菜の背に、一眞が腕をまわした。そっと引き寄せ、柔らかく抱きしめる。

「嫌な思いさせて、かんにん」

一眞の体温を感じて、ようやく花菜は安堵した。

＊

丹後から帰って数週間後、一眞は知人から、炊飯器と電子レンジ、スティックタイプの掃除機を譲り受けた。頼まれていた家電が揃ったので、志絵に連絡を入れると、彼女は社会人だという恋人を連れて、開店前の『縁庵』にやって来た。

どことなく一眞に似た、落ち着いた雰囲気の青年は、愛想良く花菜と一眞に挨拶をした。聞けば、志絵の入っているサークルのOBらしい。卒業生を交えた飲み会で出会って、意気投合したとのことだった。

「一眞さん、お世話になってありがとうございます！　よかったら、これ食べてください」

志絵が「家電のお礼に」と言って大阪の洋菓子店の詰め合わせギフトを差しだすと、一眞は「おおきに」と遠慮なく受け取り、花菜に手渡した。

「マコト先輩、これ、運んでくれますか？」

「ええよ」

志絵に名前を呼ばれた青年は、気のいい返事をして電子レンジを持ち上げた。彼の自家用車だという国産車のトランクに入れる。志絵が炊飯器を、一眞が掃除機を積み込んだ。最後は一眞とマコトが協力して液晶テレビを後部座席に載せる。

「一人暮らしは、もう始めてはるんですか？」

一眞の質問に、志絵は満面の笑みで頷いた。

「一人暮らし、サイコーです！　大阪から大学に通うの遠かったし、それに、門限気にしなくてええし！」

マコトを見上げ、志絵がにっこりと笑う。花菜は志絵の様子を見て察した。きっとマコトは、頻繁に志絵の家に泊まりに来ているのだろう。

「ほな、さよなら！」

恋人の車に乗り込むと、志絵は窓を開けて元気よく手を振った。

御幸町通を下がっていく車を見送る。花菜はふと、きっと志絵はもう『縁庵』に来ないのではないかと思った。

（この間まで一眞さんにアプローチしていたのに）

無理だと悟った途端に別の男性と付き合い始めた志絵に呆れつつも、ほっとする。

（新しい恋を始めた志絵さんが幸せそうでよかったたって思う気持ちより、一眞さんを諦めてくれたことに安心している私って、ちょっと性格悪いよね……）

先日の奈保のことといい、自分がこんなに嫉妬深い人間だなんて知らなかった。

「花菜さん、そろそろ店を開けようか」

「あっ、はい」

ぼんやりしていた花菜は、一眞に声をかけられて慌てて返事をした。店内から黒板を取ってきて、入り口の横に置く。暖簾を掛けて店に戻ると、一眞はキッチンに入り、仕込みの続きを始めていた。

平日ということもあって、午前中はのんびりと時間が過ぎ、昼をまわると店内が混み合ってきた。

一組のお客様を送り出し、新しく入って来たお客様を迎える。

「いらっしゃいませ。お一人様ですか？」

（あれっ？　この方は……）

声をかけて、顔に見覚えがあると気付く。ブランドバッグを手にした上流階級風の女性は、先月も来店していたはずだ。

庭の見えるテーブルへ案内すると、女性客はメニューをめくり、すぐに、

「おむすびランチセットをお願いします」

と注文した。

「先月も来てくださいましたよね。ありがとうございます」

お礼を言った花菜に、女性客がにこっと笑みを向ける。

「私、東京から来ているんです」

「お仕事ですか？　当店は何かの媒体で知ってくださったんですか？」

旅先の京都でわざわざ『縁庵』に立ち寄ってくれた理由が知りたくて尋ねると、女性客は曖昧に「ええ、そんなところです」と答えた。

「そうだったんですね。嬉しいです。ランチをご用意しますので、少々お待ちください」

花菜は一礼し、席を離れた。

『縁庵』のメニューを、ＳＮＳに投稿してくれるお客様も多い。遠方からもこうして来てくださるのだから、口コミの威力はすごいと感心する。

今日のランチメニューは、小アジのフライと、トマトのマリネサラダ、ミョウガのお味噌汁、白だしと梅の炊き込みご飯のおむすびと、ワカメのおむすびだ。

七月の一ヶ月間、一眞はキュウリを使うことを避けている。祇園祭《ぎおんまつり》が行われる七月

は、八坂《やさか》神社の御神紋に似ているキュウリを食べないという風習があるらしく、一眞もそれに準じて断っているらしい。

一眞と一緒にランチを用意すると、花菜は先ほどの女性客のもとへ運んだ。

「おむすびランチセットです」

声をかけると、女性客はスマホをいじっていた。ちらりと視界に入った液晶画面には、写真が表示されている。覗くのは失礼だ。すぐに視線を反らし、ランチセットを置こうとした花菜は、不自然にテーブルの端に置かれた写真に気が付いた。赤ちゃんを抱く若い女性が写っている。

「えっ……その人……」

驚いて思わず声を漏《も》らした花菜を見て、女性客の顔色が変わる。

「あなた……やっぱり、この写真の親子を知っているのね？」

身を乗り出し、切羽詰まった声音で聞く。「やっぱり」とはどういうことだろう。わけがわからないものの、直感的に危機感を抱き、花菜は「いいえ」と否定した。

「戸塚花菜さん。今は進堂花菜さんよね。私、前にこの店に来た時から、あなたの様子を見ていたの。この写真の赤ちゃんはあなたじゃないかと思っていたのだけど、私には確信が持てなかったから、何か証拠を見つけたいと考えていたのよ。やっぱりあなたで間違いなかったのね」

「どういう意味でしょうか……」

戸惑う花菜に、女性客がスマホの画面を見せた。先ほどまで彼女が見ていた写真には、梅小路公園で一眞と並んで歩く、花菜の姿が写っていた。正面から撮られたもののようだが……。

（いつの間にこんな写真を？）

顔を強張らせた花菜に、女性客が頭を下げる。

「あなたの素性を探偵に調べさせていたの。ごめんなさい」

にわかに女性客に対して気味悪さを感じ、花菜は後ずさった。

女性客が必死な様子で頼んでくる。

「私、どうしてもあなたに会って、お願いをしたかったの」

「お願い？」

「父に会ってほしいの。あなたから見るとお祖父さんね」

「お祖父さん？」

話が飛躍しすぎていて、意味がわからない。

（このお客様は何者なの？）

胸に不安が広がる。

「私に祖父はいません。――ごゆっくりどうぞ」

一礼し、テーブルを離れようとした花菜の手を、女性客が摑んだ。

「待って！」

「すみません。仕事中なので離してください！」

「どうかされましたか？」

揉めている二人に気が付いたのか、一眞がやってきた。毅然とした表情で、女性客に尋ねる。一眞に見つめられ、女性客が花菜の腕を離した。素早く一眞の背中に隠れた花菜を庇うように、一眞が女性客に向き合う。

「うちの従業員が、何かご迷惑をおかけしましたか？」

「いいえ、違います。彼女に落ち度はありません。ただ、私の話を聞いてほしくて……」

一眞が花菜を見下ろした。「どういうこと？」とまなざしで問うている。

花菜は小さく首を横に振った。

一眞は花菜が女性客を拒絶していることを察し、再び顔を向けると、きっぱりとした声音で言った。

「申し訳ありません。今は営業時間中ですので、長いお話はご遠慮いただけますか？」

花菜を守ろうとする一眞の意志を感じたのか、女性客は諦めたように椅子に座り直した。

「……わかりました」

丁寧に一礼し、一眞は女性客に背を向けた。花菜の肩を軽く押して歩きだす。

キッチンへ戻った一眞は、花菜に物問いたげな視線を向けたが、今はうまく説明ができそうにない。

「閉店後に話します」

「うん。今夜、聞かせて」

きっと自分は不安な表情を浮かべていたのだろう。

「花菜さんには僕が付いているから、安心して」

一眞の言葉に体の強張りが解け、花菜はこくんと頷いた。

『縁庵』の営業を終了させた後、後片付けを終え、花菜と一眞は二階へ上がった。

あの女性客は一眞に注意をされた後も、立ち働く花菜をずっと見ており、何か話したそうな顔をしていたが、花菜は無視をし続けた。

『縁庵』を出て行く際、女性客はメモ用紙を差しだした。

「また連絡させてください」

強引にメモを花菜に握らせて、名残惜しそうに『縁庵』を出て行った。

女性客とのやり取りを思い返していたら、一眞が夕食の準備を始めた。タマネギとパプリカとニンニクを切る一眞の横で米を炊こうとした花菜を、一眞が止めた。

「今日は時短しようと思うねん。冷凍庫にストックしてあるご飯、温めておいてくれへん？」

一眞に頼まれて、昨日炊いて置いてあったご飯を取り出す。電子レンジに入れて温める間、一眞はフライパンを二つ取り出し、片方で目玉焼きを、もう片方で野菜と鶏ミンチを炒めた。

調味料を入れて味を調えると、バジルを加え、サッと混ぜて火を止める。花菜が温めたご飯に炒めた具材をかけ、目玉焼きを載せた後、バジルとライムを添える。

「できたで」

「おいしそう！」

一眞が手早く完成させたガパオライスを見て、花菜は弾んだ声を上げた。

いそいそとダイニングテーブルにランチョンマットを敷き、お皿を運ぶ。木製のスプーンと、冷やしておいたルイボスティーを出す。ルイボスティーは、最近花菜がはまっているハーブティーだ。抗酸化作用があり健康にいい上、すっきりとした味わいで飲みやすい。今日のようなエスニック料理にはぴったりだ。

花菜と一眞は向かい合って椅子に座ると、「いただきます」と手を合わせた。

スプーンを手に取り、ガパオライスを掬う。ナンプラーとニンニクの風味が食欲をそそる。

(一眞さんのご飯は本当においしい)

毎日、プロが作る料理を食べているなんて、自分はなんて贅沢なのだろう。

(でも、いつも作らせて申し訳ないから、もう少し私もお料理をしよう)

花菜も料理は苦手ではない。

ぱくぱくとガパオライスを食べていたら、一眞がにこにこと花菜を見ていた。視線に気付き、顔を上げる。

「今日のご飯もとてもおいしいです」

「うん。顔を見てたらわかる」

感想を言うと、満面の笑みでそう返された。一眞は花菜がおいしそうにご飯を食べる姿を見るのが好きらしい。

「元気出たみたいでよかった。あのお客さんに何か言われてから、ずっと表情が曇ってたし」

一眞は、昼間にやってきた女性客とのやり取りの後、花菜の気持ちが沈んでいたことに気が付いていたようだ。

「心配かけてごめんなさい。あの人、私に何か話したいみたいだったから、拒否してしまってよかったのかなって、考えていたんです」

「後で詳しく聞かせてくれる？」

一眞の言葉に、花菜はこくんと頷いた。

食事を終え、洗い物を済ませた後、二人は並んでリビングのカーペットの上に座った。手にはそれぞれコーヒーの入ったマグカップを持っている。

マグカップに口を付けた後、一眞があらたまった口調で尋ねた。

「あの人に何を言われたん？」

花菜は今日の女性客とのやり取りを、できるだけ詳しく思い出そうとした。

「あの方、スマホで私の写真を見ていたんです。探偵に私のことを調べさせたって言ってました。私の今の名前も、旧姓も知っていましたし……。それに、あの人が持っていた写真……私も同じものを持っているんです」

「花菜さんのことを調べてた？　――実は僕、二ヶ月ぐらい前から、誰かに見られてるような気配を感じてたんや。ずっと気になってたんやけど、それが探偵やったんかもしれへん。僕やなくて、花菜さんを見てたんやね」

二ヶ月前からということは、梅小路公園に行ったあたりだろうか。やはりあの時に隠し撮りをされていたのだ。

街中に花菜を見張る人物が紛れていたなんてと、自分の体を抱いて震える。

「なんで、あの女性客は花菜さんを探してはったんやろう？　それに、同じ写真を持ってるってどういう意味？」

真面目な顔で問いかける一眞に、花菜は「ちょっと待っていてください」と声をかけ、自室へ向かった。一冊のアルバムを手に取り、再びリビングに戻る。

中を開いて件《くだん》の写真を探した。

（あった。これだ）

若い女性と赤ちゃんが写った写真。——それは、花菜の母親が出産後、生まれたばかりの花菜を抱いている写真だった。

一眞に写真を見せ、そう説明する。

「花菜さんたちの写真を持っていたってことは、もしかしたら、あの人は花菜さんの親戚……？」

「もし本当にそうだとしたら、父方の親戚なんだと思います」

花菜は、女性客に押しつけられたメモ用紙をスカートのポケットから取り出した。記されている名前は「戸塚都美《とつかみやび》」——花菜の旧姓と同じ名字だ。

一眞には、花菜の両親が駆け落ち婚だったことは話してある。

「私が九歳の時に父は亡くなりましたが、お父さんの身内は誰もお葬式に来なかったことを覚えています。お母さんはシングルマザーになっても実家に帰らず、一人で私を育てました。一人で子供を育てるなんて、絶対に大変だったはずなのに……。駆け落ちしたとはいえ、苦労するぐらいなら実家に戻ってもよかったと思うんです。戻らなかったのは、何か帰りたくない理由があったのかもしれません。お母さんが亡くなった後、叔父だという人が現れて、卒業まで私を援助してくれましたが、顔を合わせたのは葬儀の時の一度きりでしたし、叔父と電話をした時も、実家のことは詳しく教えてくれませんでした。それに――」

花菜は一呼吸置いた後、さらに続けた。

「お母さんが苦労しない方法は、もう一つあったと思うんです。お父さんの実家を頼ること。お父さんの実家から私の養育費を貰ったり、私を預けたりできたんじゃないかなって……。もしかしたら、お母さんはお父さんが亡くなったことを、お父さんの親族に知らせなかったのかもしれません」

「花菜さんのお母さんは自分の実家だけでなく、お父さんの親族にも頼らはらへんかったってことやね」

「はい……」

「その写真、もっとよく見せてくれる？」

花菜がアルバムを手渡すと、一眞はふっと目を細めた。

「小さい花菜さん、可愛《かい》らしいね。お父さんが写ってないし、この写真は花菜さんのお父さんが撮らはったんかな」

「たぶん、そうだと思います」

「お父さんはなんでこの写真をお身内に渡したんやろう？　駆け落ちはしたけど、子供が産まれたことは報告したかったとか……？　実家への義務感みたいなもんやろか……？　都美さんの見た目年齢から鑑《かんが》みるに、もしお父さんの近しいお身内なら、お姉さんなんかもしれへんね」

一眞の推測に、花菜は軽く首を傾げる。

「伯母さんってことですか？」

父が亡くなって、既に十年以上経っている。なぜ今になって、伯母が花菜の前に現れたのかわからない。

（そういえば、お父さんとお母さんが駆け落ちしたのって、どっちの事情だったんだろう？）

花菜は、結婚前の両親について、何も知らないことに気が付いた。

「お母さんが花菜さんを産まはった時、かなり若かったんやね」

あらためて写真を見ていた一眞にそう言われて、花菜は一眞の横からアルバムを覗き込んだ。確かに、生まれたばかりの花菜を抱く母は、今の花菜とそれほど歳が変わらないように見える。

「確か、私を産んだのは二十一歳の時って聞いたような気がする……」

「お父さんはその時、何歳やったん？」

花菜は頭の中で、父が亡くなった年齢と当時の自分の年齢を思い出し、計算をした。

「二十二歳だったような……？」

「もし二人が当時学生やったとしたら、大学四年生と三年生か……」

「学生結婚だったってことですか？」

「社会人やった可能性もあるけどね」

若い二人は、なぜ駆け落ちしたのだろう。何かのっぴきならない事情があったのだろうか。

花菜の胸の中に疑問が渦巻く。

（お父さんとお母さんのこと、知りたい）

膝の上でぎゅっと手を握り、俯く。

花菜の気持ちを察したのか、一眞が優しい声で尋ねた。

「都美さんに話を聞いてみる？　怖かったら、僕も一緒に行くで」

「……聞きたいです」

花菜は顔を上げると、一眞を見つめた。

一眞がそばにいてくれるなら、どんな話になろうと、きっと自分は大丈夫だ。

戸塚都美に渡されたメモ用紙には、携帯電話番号が記されていた。

思い切って電話をかけると、都美は「すぐ話をしたいので、開店と同時に『縁庵』に行く」と言ったが、営業中は遠慮をしてほしいと頼み、彼女の泊まるホテルのカフェで会うことになった。

約束の日、都美が指定した時間に合わせて、徒歩圏内のホテルに向かう。中に入ると、吹き抜けのロビーが広がっていた。

人だかりができていて、何ごとだろうと思って目を向けたら、大階段にウェディングドレス姿の花嫁と、フロックコート姿の新郎が立っていた。列席者だけでなく、居合わせた人々からも「花嫁さんだ」「おめでとう」と声が上がっている。

新郎新婦とはなんの関係もない人々が、笑顔で式を眺めている。幸福に満ち溢れた温かな空間だった。

花菜はふと、父と母は誰からも、このような祝福を受けなかったのだろうかと考えた。

「花菜さん、カフェはこっちや」

立ち止まり、幸せそうな新郎新婦を見ていた花菜は、一眞に声をかけられハッとした。慌てて、先に進んでいた一眞の後を追う。

ロビーにあるカフェに入り、一眞が「待ち合わせです」と言うと、給仕の女性は心得ていたかのように、席に案内してくれた。

白を基調とした店内は、スタイリッシュでおしゃれな雰囲気だ。都美は窓際の席に座っていて、花菜と一眞の姿を見つけると立ち上がり、軽くお辞儀をした。

花菜と一眞も会釈を返し、都美と向かい合って椅子に腰を下ろす。給仕の女性にコーヒーを二つ注文した後、一眞が先に名乗った。

「花菜さんの夫の進堂一眞といいます」

都美も「戸塚都美です」と名乗り、

「来てくださって、ありがとうございます」

と、深々と頭を下げた。

都美の視線が花菜に向く。

「進堂花菜です」

会釈をしながらも、相手は花菜のことを調べているのだから、名前を言う必要などないのではないかと思ったが、礼儀は大切だ。

「来てくださって嬉しいわ。花菜さん」

都美が親しみの籠もった笑みを浮かべる。まるで、昔から花菜を知っていたかのように。

なぜそんな顔で自分を見るのかわからず、花菜は戸惑った。居心地の悪い思いで、膝の上に重ねた手を組み替える。

「あなたは花菜さんと、どういった関係になるんですか？　彼女に話したいこととは？」

一眞の質問に都美が答える。

「私は花菜さんの伯母になります。花菜さんの父、戸塚志暢《しのぶ》の姉です」

（やっぱり、伯母さんだったんだ）

一眞の推測は当たっていたことになる。

都美はハンドバッグの中から一枚の写真を取り出すと、二人に見えるようにテーブルの上に置いた。

「私はこの親子——正確には赤ちゃんのほうを捜して、京都に来ました」

赤子の花菜が母に抱かれている写真は、よく見れば花菜が持っている物よりも画像が粗い。デジタルデータを引き伸ばして現像した物なのだろうか。

都美はまっすぐに花菜を見つめ、続けた。

「あなたは先日、この写真を見て驚いていらっしゃいましたね。その顔を見て確信しました。あなたが、私が捜していた赤ちゃんだと」

「どうして私のことを捜していたんですか？」

花菜は「今さら」という言葉を呑み込んだ。

一眞が都美に向かって、静かな声で尋ねる。

「事情をお教えいただけませんか？」

「そうですね。それが先ですね」

都美は納得した様子で二度頷くと、

「最初からお話しします」

と話し始めた。

「志暢は父が四十歳の時に生まれた待望の長男で、私とは歳が十歳離れています。私の父は、祖父が始めた玩具製造の会社を継いで大きくしたやり手の経営者です。志暢は後継者として期待されて育ったのですが、父は少し……厳格だったもので、父の教育方針を窮屈に感じていたようです。父は、志暢が大学を卒業したら、すぐに自分の会社に入社させて仕事を覚えさせ、慣れた頃に結婚もさせようと、お相手の女性の目星も付けていたみたいです」

（政略結婚ってこと？）

花菜は都美が語る話を時代錯誤のように感じたが、都美は驚いている花菜に気付き、苦笑いを浮かべた。

「我が家は昔から地主で、こう言っては身も蓋もないのですが、所謂、上流階級家庭なんです。長男とか跡継ぎとかにこだわる家風で、父も祖父に言われてお見合いし、母と結婚したそうです。だから志暢にも、父である自分が『戸塚家に相応《ふさわ》しい嫁を探してやらないと』と思ったのでしょう」

一眞と恋愛結婚した花菜にはピンとこないが、戸塚家には戸塚家のしきたりがあるのだろう。

都美はさらに話を続けた。

「志暢は父の敷いたレールには乗らないと反発していました。それを証明するために、交際していた女性を家に連れて来たことがあります。その人は、穏やかな、可愛らしい方でした。けれど父は彼女に罵詈雑言《ばりぞうごん》を浴びせて、玄関の敷居もまたがせずに、追い返してしまいました。……後からわかったのですが、父は既に彼女の存在を知っていて、身辺調査をさせていたようなのです。彼女の家は少し複雑で……」

（きっと、お父さんが連れて来た女の人はお母さんだ）

どうして母は、祖父に気に入られなかったのだろう。

言い淀んだ都美を、花菜は不安な気持ちで促した。

「何が複雑だったんですか？」

都美は迷うように瞳を彷徨《さまよ》わせたが、真実を求める花菜の視線に負けたのか、言葉を選びながら続けた。

「彼女のご両親はあまり子供を顧みない方々で、ややお金にもルーズだったようです。祖父の調べでは、彼女は当時、非正規雇用で働いていたようなのですが、収入はほとんど両親の手に渡っていたとか……」

（もしかして、虐待？）

柔らかい言い回しをしているが、都美の表情から察せられる。程度はわからないものの、少なくとも、母にとって実家は居心地のいい場所ではなかったのだろう。

「父は、彼女がお金のために志暢と付き合っているのだと決めつけました。志暢は必死に否定しましたが、信じてもらえず……。どんどん険悪になる父と弟を、私は止めることができませんでした。あの時、母が生きていれば、何か違ったかもしれないのですが……」

やるせないように都美が溜め息をつく。

「父が出張で家を留守にしていた日、夜中に志暢が私の部屋にやって来ました。そして、『恋人が妊娠した』と言ったんです。『自分は彼女と結婚したいが、父さんは絶対に許してくれないだろう。だから家を出て行く』と言う志暢を、私は止めました。でも、『父さんに知られたら、別れさせられると思う。それに、身重の彼女を、あの家に置いておけない』と言われて、それ以上、引き留めることができなかったんです。あの父なら、家のために、何が何でも二人の仲を裂くのではないか、家庭が複雑な彼女が親元にいたら、母体に負担がかかるのではないか……そう思いました」

花菜の命を守るために両親は家を出たのだと知り、震えだした花菜の手を、一眞が握る。

都美は一旦話を止めると、コーヒーカップに手を伸ばした。一口飲み、ふぅと息を吐く。カップをソーサーに戻すカチャンという音が、花菜の耳に、やけに大きく聞こえた。

「一度だけ、志暢からメールで写真が送られてきました。この写真です」

都美がテーブルの上の写真に指を添える。

「メールにはただ一言『母子ともに健康です』と書かれていました。志暢の恋人は、無事に出産したのだと知りました」

「その写真は花菜さんのお祖父さんには、お見せになったのですか？」

一眞の問いかけに、都美は首を横に振った。

「弟たちはきっと穏やかに暮らしている。下手に父に知らせて、その幸せを壊すのが躊躇われました。祝福のメールだけでも返そうとしたのですが、エラーが出て届きませんでした。志暢は本気で私たちと縁を切ろうとしているのだと感じました」

「お祖父さんが戸籍を取れば、お父さんや私の居場所はわかったんじゃないですか？」

祖父が本気を出せば、両親と花菜が京都に住んでいることを調べられただろう。

花菜の疑問に、都美は表情を曇らせた。

「志暢に執着していた父なら、捜してもおかしくなかったと思います。でも捜さなかったのは……もしかしたら、目をかけていた息子が黙って出て行ったことに腹を立てていたからかもしれません。何不自由なく育った志暢が、妻子を抱えて苦労をすればいいと……そのうち音を上げて、戻ってくるに違いないと考えていたのかも……」

祖父は心の冷たい人なのだろうか。会ったことのない祖父を想像し、花菜の心が重くなる。

「花菜さんのお父さん、志暢さんは既に亡くなっています」

一眞がそう告げると、都美は「わかっている」と言うように頷いた。

「姉である私は志暢の戸籍を取れませんし、ましてご結婚した花菜さんがどこに住んでいるのか、調べようがありません。けれど、志暢に子供が生まれているということは知っていたので、子供の居場所を調べてほしいと、探偵に依頼しました。それで初めて、既に志暢が亡くなっていることを知ったのです。もうかなり前のことのようですね。――花菜さん、つらい時に、なんの力にもなれずにごめんなさい。早く知っていたら、援助ができたのに」

都美に頭を下げられて、花菜は困惑した。本当に「今さら」だ。謝られても父は帰ってこないし、花菜を抱えて懸命に生き、亡くなった母も戻らない。

「なんで今になって、花菜さんを捜していたんです？　お祖父さんではなく、あなたが。探偵にまで頼んで」

一眞の鋭いまなざしに、都美は言葉を詰まらせ、ばつの悪い表情を浮かべた。

「実は、父は去年から体調を崩しています。入退院を繰り返していて……。お医者様に、おそらく長くはないだろうと言われています。万が一のことがある前に、父に志暢の忘れ形見の顔を見せてあげたいのです。――花菜さん、お願いです。父に会いに東京に来てくれませんか？」

思ってもみなかったことを頼まれて、花菜は息を吞んだ。

今まで存在すら知らなかった祖父に会って、何を言えばいいのか。しかも、母にひどい言葉を投げつけ、認めなかった人だ。

表情を強張らせている花菜を見て、一眞が代わりに都美に向かってきっぱりと断った。

「十年以上放っておいたくせに、虫が良すぎやしませんか？　花菜さんは自分の人生を歩んでいます。彼女は今、僕の妻の進堂花菜だ。戸塚家とは関係ない」

「一眞さん……」

妻だと言い切ってくれた一眞に、胸が熱くなり、瞳が潤む。

一眞は毅然としているのだ。自分が心弱くなってどうする。安心させるように、一眞が花菜の手を強く握る。いつもより体温が高いのは、彼が怒っているせいかもしれない。

二人の様子を見て、都美は溜め息をついた。彼女にも、自分の願いが都合のいいものだとわかっているのだろう。

「父は来週から、また入院する予定になっています。命に関わるようなことが、すぐにあるわけではないと思いますが、心変わりしたら連絡をください。東京に来ていただく交通費も宿泊費も出しますから」

都美はブランドバッグから財布を取り出すと、一万円札を置いて立ち上がった。一眞が「結構です」と断ったが、そのままにして去っていく。

都美の姿が見えなくなると、緊張が解けたのか、一眞の手が緩んだ。花菜は一眞を見上げ、小さな声で「ごめんなさい」と謝った。

「どうして謝るん?」

「一眞さんは無関係なのに、私の事情に巻き込んでしまいました」

「夫婦なんやし、奥さんの家のことは僕にも関係あるで」

一眞が、未だ固い表情を浮かべる花菜の頬に触れる。

「……私、行くって言うべきだったんでしょうか」

余命短いという祖父を無視することに罪悪感を覚えないわけではない。

「花菜さんが行きたくないのなら、行かなくてええと思う。今まで、花菜さんの人生に関わってこなかった人たちなんやから」

一眞の言葉は冷たい。自分勝手な都美に対し、まだ怒っているのだろう。

「そう、ですよね……」

花菜は弱々しく頷いた。

「気持ちを切り替えて、何か食べよか」

一眞があえて明るい声を出した。都美が置いていった一万円札を取り上げ、ひらりと振る。

「花菜さんを傷つけた慰謝料や。残っても腹立たしいし、全部使《つ》こてまおう」

そう言うと、通りがかった給仕の女性を呼び止めた。

メニューを持って来てもらうと、一眞はページを開いて花菜に差しだした。

「ここのビーフカレー、和牛が柔らかくておいしいんやで。アップルパイも、あったかいパイにアイスが添えられてて、おすすめ」

おいしそうなビーフカレーの写真を見て、憂鬱だった花菜の気持ちがほんの少し和む。

「じゃあ、それを食べます」

二人は早めの夕食としてカレーライスを食べた後、デザートも注文し、満腹になるまで堪能した。

ホテルから自宅に帰った頃には、空は薄暗くなっていた。

（少し疲れた……）

満腹のせいなのか、都美との会話で心に負担がかかったせいなのか、体が重い。すぐに動く気になれず、花菜がリビングに座り込んでいるうちに、一眞が風呂場の浴槽に湯を張った。

「疲れたやろ？　ゆっくりとお風呂に浸かって、今夜は早めに体を休めたほうがええよ。入っておいで」

「一眞さんも疲れてるでしょう？　先にどうぞ」

花菜は遠慮をしたが、一眞に「僕は後でええから」ともう一度促され、素直に立ち上がる。

脱衣所に入ると、洗面台の鏡に映った自分の顔が疲れていることに気が付いた。なるほど、この顔では一眞が心配するわけだ。

のろのろと服を脱ぎ、風呂場の扉を開ける。すると、シャボンの香りが鼻孔をくすぐった。

なんだろうと思いながら浴槽を見ると、お湯がうっすらと桃色に色づき、花びらが浮かんでいる。どうやら一眞が入浴剤を入れてくれていたようだ。

（一眞さん……ありがとう）

少しでも花菜の気持ちが浮上するようにと、気を使ってくれたことが嬉しい。

髪と体を洗い、湯船に浸かる。花びらが溶けかけ、湯に泡が立っていたので、もしかしてと思いシャワーをかけてみたら、みるみるうちに泡が増えた。

「泡風呂になる入浴剤だったんだ」

肌に張り付く泡の感触が気持ちよくて、首まで体を沈める。

胸が苦しいのは、罪悪感に苛《さいな》まれているからなのだろう。病気だという祖父に顔を見せてやってほしいという伯母の頼みを断ったから。

一眞は、今まで花菜の人生に関わってこなかった人たちなのだから、行く必要はないと言ってくれた。けれど――

（私、冷たいのかな……）

泡を掬い、ふぅと息を吹き付けると、温かな浴室の中にシャボンの雪が舞った。

花菜が風呂から上がると、待ち構えていたのか、一眞がホットミルクを渡してくれた。今日はいつにも増して至れり尽くせりで申し訳なくなる。

「入浴剤、ありがとうございました。花びら、可愛かったです」

「気に入ってくれてよかった。この間、河原町の雑貨屋さんに寄った時に見つけてん。花菜さん、ああいうの好きかなと思って、買《こ》うといた」

そう言いながら、一眞が花菜の髪に顔を近付ける。

「ええ匂いがするね」

「えっ、あっ、そ、そうですか？」

顔の近さに驚いて、返事をする言葉がうわずった。

「僕も入ってくるわ」

花菜の動揺に気付いているのかいないのか、一眞は花菜から離れると、涼しい顔で風呂場へ向かった。

（もう……！）

普段は一定の距離感を保っているのに、いきなり近付かれると咄嗟に反応できない。頬が火照《ほて》っているのは、湯上がりだからなのか、一眞のせいなのか。

花菜はカーペットの上に座り、サンちゃんを脇に引き寄せ、マグカップに口を付けた。ほんのりとはちみつの味がする。

一眞のおかげか、鬱々《うつうつ》としていた気持ちが、いつの間にか和らいでいた。

第五章　夢の在処《ありか》

いつものように、キッチンで花菜が朝のコーヒーを淹れてくれる。その隣で、一眞は朝食の準備をしていた。

何気ない、朝のルーティーン。けれど一眞にとって、この上なく幸せな時間だ。

「今日からお盆休みですね」

フィルターにお湯を回しかけながら、花菜が一眞に声をかけた。

八月十二日から十六日までの五日間、『縁庵』は夏期休暇の予定だ。

一眞はホットサンドメーカーの蓋を下ろしながら、

「花菜さんは今日はいずみさんと会うんやっけ？」

と、尋ねた。

「はい。梅田でお茶をする約束になっていて……」

「楽しんでおいで」

花菜と離れる一日を寂しいと思った一眞の気持ちが伝わったのか、花菜が早口で続けた。

「今日以外は予定がないので、休みの間に二人でどこかに行きたいです」

「そうやね」

先月は花菜と一緒に丹後へ旅行に行った。また泊まりがけで出かけるのもいいかもしれないと考えたが、すぐに思い直す。

（お盆やし、どこも人が多いやろなぁ。近所をぶらぶらしたり、家でゆっくりしたりするのでもええかもしれへん）

何も特別なことをしなくても、花菜がそばにいれば自分はそれで満足だ。

時間を見計らってホットサンドメーカーの蓋を開ければ、食パンが良い色に焼き上がっていた。まな板に移して包丁で斜めに切り、皿に載せる。間に挟んである具は、マヨネーズで和えた卵とスライスチーズだ。

以前、梅小路公園に隣接するホテルのカフェでランチをした時に、花菜がホットサンドイッチを見て「おむすびみたい」と言ったことが印象に残っていた。最近になって『縁庵』に持ち込まれた不要品の中にホットサンドメーカーがあったので使ってみたら、見事にはまってしまった。トマトソースとモッツァレラチーズ、カレー風味に味付けたポテトサラダなど、間に挟む具の種類は無限大で面白い。

椅子に座り「いただきます」と二人で手を合わせる。

ご飯を食べている時の花菜の表情からは「おいしい」という気持ちが溢れていて、一眞を幸せにしてくれる。

ふと、先日届いたダイレクトメッセージを思い出した。

(花菜さんには言わへんほうがいい)

優しい彼女はきっと気にするだろうから……。

「一眞さん?」

ぼんやりしていたら、食事の手が止まっていたようだ。花菜が「どうしたんだろう」と言うようにこちらを見ている。

「ああ……なんでもあらへんよ」

微笑みを浮かべて、サンドイッチを口に運ぶ。

一眞は、いつまでも、この穏やかな二人の時間が続くことを願った。

花菜が出かけていった後、暇になってしまった一眞は、先日、不用品として持ち込まれた足場板をSNSに載せることにした。

ペンキで汚れた木の板は、工事現場に足場を組む顔見知りの業者から貰ったものだ。汚い板と侮ることなかれ。これが意外にも人気がある。貰い手は、棚板にしたり、リメイク素材として壁に貼ったりしているらしい。ペンキが付いている板のほうがおしゃれだと人気なのだから、不思議なものだ。

壁に立てかけ、スマホを取り出して写真を撮り、SNSに投稿する。

間もなく「欲しい」というダイレクトメッセージが届いた。使い道がないだろうと思う物でも、価値を見いだしてくれる人がいるのだから面白い。

ダイレクトメッセージのやり取りをしていたら、他のメッセージが入った。差出人名を見て、一眞の眉間に皺が寄る。気が重かったが、無視をするわけにもいかず、文面を確認する。

「なんやて？」

思わず苛立ちの声が漏れた。

悩んだ後、スマホを握ったまま『縁庵』の入り口に向かい、戸を開けた。

御幸町通に視線を巡らす。少し離れた場所に、見知った女性が立っていた。花菜の伯母、戸塚都美だ。

都美は一眞が『縁庵』から出てきたことに気付くと、会釈をした。こちらに歩み寄ってくる。

すぐそばまで来た都美に、一眞は無愛想に声をかけた。

「いきなり来はらへんといてくれはりますか」

「先日お送りしたメッセージにご返信がなかったので……」

「花菜さんにあなたを会わせるつもりはありません」

きっぱりと拒絶したら、

「私がお話をしたかったのはあなたです」

都美が一眞の顔をまっすぐに見て言い返した。

「僕に?」

そういえば、先日送られて来たダイレクトメッセージには「進堂さんにご相談したいことがあるので、お時間をいただけますか?」と書かれていた。

(てっきり「花菜さんに会わせろ」って意味やと思い込んでたけど、違ったのか?)

怪訝に思ったものの、

「いきなり来てもろたら困ります。店が開店してたら、あなたのお相手はできませんでした」

と嫌みを言うと、都美はそっと微笑んだ。

「SNSに、夏期休暇で臨時休業だと書いてありましたので。あらかじめお約束を、と思ったのですが、けんもほろろなご対応だったので……」

だから、いきなり店まで来たのか。都美の非常識さに、ムッとする。

「今日は店が休みなので、たいしたもんはご用意できひんのやけど、ぶぶ漬けでも食べて行かはりますか?」

一眞の言葉を聞いて都美は目を丸くした後、面白そうに笑った。

「京都の人って、本当にそういうことを言うんですね」

（こんなん誰も言わへんし）

京都人がいけずだと言われるのは、一眞にとって不本意なのだが、今のは他府県の人がイメージする京都人を、わかりやすく演じてみただけだ。

（図太い人やな）

「……どうぞ。お茶ぐらい出します」

一眞に促され、都美が『縁庵』に入る。格子窓から御幸町通が見える席に案内すると、一眞はキッチンで緑茶を淹れ、都美のもとへ戻った。湯呑みを置き、自分も向かい側に座る。

「今日は花菜さんは留守にしてます」

「よかった。そのほうが話をしやすいです」

都美はほっとした様子だ。

「僕から花菜さんにお祖父さんのところへ行くよう説得してほしいということでしたら、お断りします」

警戒しながら断ると、予想に反して、都美は思いがけないことを言った。

「進堂さん。会社経営にご興味はありませんか？」

「……は？」

一眞はぽかんとした。唐突すぎて話が見えない。

「会社経営、とは？」

「私の父は玩具の会社を営んでいると、以前、お話ししましたよね。今、父に何かあれば、戸塚玩具株式会社が立ちゆかなくなります」

「はあ……」

戸塚家の事情を聞かされても反応に困る。

「私は今、結婚していませんし、子供もいません。父の跡取りに相応しい身内がいないんです。祖父と父が築き上げた会社を、他人の手に渡したくない。私はぜひ花菜さんに継いでもらいたいと考えているのです。進堂さんにも東京に来てもらって、花菜さんを支えていただけたらと……。夫のあなたが行くと言えば、花菜さんも来てくださるでしょう？」

「ちょっと待ってください！　なんでそういう話になるんですか！」

都美の話を、一眞は慌てて遮った。

「花菜さんは、まだ二十一歳ですよ。それに、僕にはこの店があります。東京に行って玩具会社を経営するなんて現実的やない。会社なら、志暢さんのお姉さんである、あなたが継げばいいやないですか。それに、親戚だっていはるでしょう？　勝手なことを言わんといてくださ――」

「失礼ながら」

断る一眞の言葉を、都美が遮る。

「飲食店経営って、大変じゃないですか。潰れるお店も多いと聞きます。このお店は小さいですし、店内もごちゃごちゃしていてカフェらしくない。実のところ、あまり儲かっていないのではないですか？」

前置きどおり失礼なことを言われて、一眞のまなざしが鋭くなる。

「何をおっしゃりたいんです？」

「私は、可愛い姪の花菜さんに、苦労をさせたくないんです。両親を失って、あの子は今まで大変だったでしょう？　これからは、裕福な暮らしをして、幸せな人生を歩んでほしい」

「僕の力では、彼女を幸せにできないとでも言わはるんですか？」

「お金があるのとないのとでは違います。世の中は、お金があればたいていのことはできます」

（たいていのことはできる……）

その言葉にドキッとした。

（花菜さんが今まで苦労してきたのは事実や。そやから僕は、これから先、彼女が夢や目標を見つけたら、応援してあげたいと思ってた）

もちろんその時は、金銭的にも支えるつもりだ。

けれど、戸塚家が世間の一般水準よりも裕福だというのならば、花菜は戸塚家に戻ったほうが、一眞が与えてあげるよりも、もっと自由に、したいことができるのではないだろうか。

「………」

黙り込んだ一眞に、都美が続ける。

「あなたにとって、このお店が手放せないものなのでしたら、花菜さんだけお返しください」

「それは、僕に彼女と別れろということですか?」

一眞が言い返した時、ガタンと音がした。ハッとして振り向くと、『縁庵』の入り口に花菜が立っていた。

一眞と都美が二人でいることに戸惑っている様子が伝わってくる。

「花菜さん!」

一眞は思わず椅子から立ち上がった。花菜は一眞から視線を逸らすと、

「た、ただいま」

と言って階段に向かい、足早に二階へ上がっていった。

「花菜さん、待って」

(たぶん、聞かれてた)

一眞は焦り、都美を置いて、すぐに花菜を追いかけた。誤解をされたかもしれない。リビングに入ると、花菜はカーペットに座り込んでいた。そばにハンドバッグが放られている。

「……花菜さん、おかえり。早かったね」

一眞は静かに声をかけると、花菜のそばに腰を下ろし、顔を覗き込んだ。いずみと梅田にお茶をしに行くと言って出かけたわりに、帰りが早かったことが気になっていた。

花菜が俯いたまま答える。

「いずみから、『急にバイトに呼ばれて行けなくなった』って連絡が入ったから、途中で引き返してきたんです」

顔を上げると、責めるようなまなざしを一眞に向けた。

「どうしてあの人が来ていたんですか？　それに、わ、別れるって……」

唇を震わせて、花菜が問いかける。

「違う！　あれはそういう話やないねん！」

思っていたよりも大きな声で否定してしまい、一眞は「しまった」と息を呑んだ。不安だった上、怒鳴られたと感じたのか、花菜の瞳が潤んだ。

「違うねん……ほんまに」

今度は意識して静かな口調で言う。

「……一眞さんは伯母さんと連絡を取り合っていたんですか？」

疑う花菜に、一眞は首を横に振ってみせる。

「『相談したいことがある』ってダイレクトメッセージは来てたんやけど、無視してた。そしたら、さっき、いきなり店に来はってん。しゃあないし、少しだけ話を聞いてた」

「伯母さんは、なんておっしゃってたんですか？　もしかして、お祖父さんのご容態が悪いとか……」

不安な表情で花菜が尋ねる。会いたくないと思いつつも、祖父の体調を気にかける彼女の優しさに、一眞の心が温かくなった。

「都美さんは、花菜さんに、戸塚玩具株式会社を継いでほしいって言うてはった」

「えっ？」

予想外だったのか、花菜の目が丸くなる。

「お祖父さんに何かあったら、戸塚玩具を継ぐお身内がいはらへんのやって。都美さんは結婚してなくて、子供さんもいはらへんそうや」

「私が跡継ぎに？　そんなの現実的じゃないです。私なんてただの小娘で、会社経営のことなんて一つもわからないのに。私より、伯母さんが継げばいいんじゃないですか?」

「僕もそう言うたんやけど……。はっきり言わはらへんかったけど、都美さんには何か跡を継げへん理由があるのかもしれへん。他人に会社を譲りたくないとも言うてはったし、花菜さんに継いでもらうことに固執してはるみたいやった。戸塚家は裕福やから、戻って来たら花菜さんはなんでも好きなことができる、とも言うてはったよ」

都美の言い分を聞いて、花菜が呆れた。

「お金があるから、戻っておいでって?　そんなの馬鹿にしてる!　それに『縁庵』はどうするんですか!」

そう叫んで、ハッとしたように一眞を見る。

「まさか、一眞さん……だから、私と別れるなんて言ったんですか?　一眞さんには『縁庵』があるから京都を離れられない。離婚するから、私だけ東京に行けって、そういうことですか……?」

ショックを受けている花菜に、一眞が急いで否定する。

「ううん、そうやない。そうやないけど……」

(ただ、花菜さんはお祖父さんのところに帰ったほうが、自由に好きなことができるんやないかな、とは考えた)

口に出したら、花菜が本当に戸塚家に行ってしまうかもしれないと不安になり、言い淀む。

そんな一眞に苛立ったように、花菜が泣きそうな顔をする。

「『けど』、なんですか？　一眞さん、本当は……私と結婚したことを後悔しているんじゃないですか？　だ、だって、一眞さん、私にちっとも触れようとしないし……。入籍してからも、距離を取られてるし……」

花菜の震える声を聞いて、驚きで息が止まった。そんな誤解をされていたなんて、考えもしなかった。

「後悔なんてしたことないで！　むしろ、僕のほうが、花菜さんが僕と結婚したことを後悔してるんとちゃうかなって思ってた。僕は情けない男やから、愛想を尽かされへんようにしなあかんって、気を付けて――」

「一眞さんは情けなくなんてありません！」

花菜は即座に否定すると、一眞の胸を叩いた。

「どうして、そう自己卑下するんですか！　私は一眞さんのことが好きで、一眞さんのそばにずっといたいって言ったじゃないですか！　信じてくれていなかったんですか！」

半泣きで何度も一眞の胸を叩く花菜を見て、申し訳ないと思うと同時に、愛しさが溢れる。花菜を引き寄せ、強く抱きしめて「ごめん」と謝った。

「花菜さんは、そう言うてくれてたね。自信のない男でかんにん」

必要以上の自己卑下は、自分を大切に想ってくれる相手を悲しませる行為なのだと、今、初めて気が付いた。

（花菜さんが好きやと言うてくれた僕のこと、僕が認めなくてどうする。僕が僕を否定することは、僕に価値を見いだしてくれた花菜さんを否定するのと同じことや）

「か、一眞さんは、わかってないです！　私がどんなに一眞さんのことが好きで、一緒にいたいと思っているのか気付いてない。私ばっかり好きで、ずるい……！」

今まで溜めていた不満を一気に吐き出すように、花菜は一眞の胸に顔を押しつけながら、くぐもった声で文句を言う。

「かんにん。――僕も花菜さんが大好きや。世界で一番、大切な奥さんやで」

花菜の頭を何度も撫でて謝る。普段は大人びている花菜が、今はとても頼りなくて、可愛くて仕方がない。

（誰になんと言われたって、絶対に離さへん）

あらためて、心に誓う。

花菜がもし戸塚家に戻りたいと望むなら、『縁庵』を畳んで付いていこう。

次第に気持ちが落ち着いてきたのか、花菜が顔を上げた。

「……一眞さんはわかりにくいです」

涙に濡《ぬ》れた目で一眞を見上げ、唇を尖らせる。

「もっと何を考えているのか話してほしい。夫婦……なんですから」

「うん、そうやね。これからはそうする」

一眞は花菜の頬を手のひらで挟むと、額と額を合わせ、深い反省と愛情を込めて約束した。


一眞が都美と話をしていた、その頃。

いずみとの約束が土壇場でキャンセルになった花菜は、阪急電車で京都に引き返し、『縁庵』に戻ろうと御幸町通を歩いていた。

(いきなり帰ったら驚くかな。メッセージを入れておいたらよかった)

うっかりしていたことに気付き、スマホを取り出してメッセージを送ったが、既読にならない。

(何か用事でもしてるのかな?)

深くは考えず歩いているうちに『縁庵』に着いた。

入り口の戸に手をかけ、開けた瞬間、花菜の耳に飛び込んできたのは、一眞の苛立たしそうな声。

「それは、僕に彼女と別れろということですか？」

普段、声を荒げない一眞の声音と、その内容に、体がびくっと震えた。

一眞と向かい合っているのは都美だ。

（どういうこと？　二人でなんの話をしていたの？）

頭の中が混乱し、不安が押し寄せる。

「花菜さん！」

一眞に名前を呼ばれたが「ただいま」と返すのが精一杯で、花菜は二階に逃げ込んだ。

ハンドバッグが手から落ち、力なくカーペットの上に座り込む。

（一眞さんは私と離婚したいの？　戸塚家に帰したいの？）

呆然としていたら、一眞が二階へやって来た。花菜のそばに座り、都美が訪ねてきた理由を教えてくれる。

都美が花菜を戸塚玩具株式会社の跡取りにしたいと言っていると聞いて、花菜は心底呆れた。

都美に対して「そんな勝手な」と思うと同時に、一眞がすぐさま都美の申し出を突っぱねてくれなかったことにショックを受けた。

「一眞さん、本当は……私と結婚したことを後悔しているんじゃないですか？　だ、だって、一眞さん、私にちっとも触れようとしないし……。入籍してからも、距離を取られてるし……」

　入籍してから今までの間、ずっと感じていた不安を口に出す。

「後悔している」と言われたらどうしようと泣きたい気持ちでいたら、一眞は真剣な表情で否定した。

「後悔なんてしたことないで！　むしろ、僕のほうが、花菜さんが僕と結婚したことを後悔してるんとちゃうかなって思ってた。僕は情けない男やから、愛想を尽かされへんようにしなあかんって、気を付けて――」

「一眞さんは情けなくなんてありません！」

　一眞は、自分のせいで両親が死んでしまったと、長い間、己を責めてきた。そんな彼に、花菜は、一眞の抱く後悔を晴らしてみせると約束した。それなのに――

「どうして、そう自己卑下するんですか！　私は一眞さんのことが好きで、一眞さんのそばにずっといたいって言ったじゃないですか！　信じてくれていなかったんですか！」

　花菜と本当の夫婦になった後も、一眞は自身を認めていない。駄目な人間だと思い込んでいる。彼のことが大好きで、あなたは私にとって必要な存在なのだと愛情で示していたつもりだった。守りたいと思っていた。それなのに、何も伝わっていなかった悔しさで、花菜の目頭が熱くなる。

何度も一眞の胸を叩く。

「私ばっかり好きで、ずるい……！」

想いはこんなに深いのに、もっと近付きたいと思っているのに、なぜ伝わらないのだろう。

（一眞さんの馬鹿！　嫌い！）

心の中で怒りの言葉を投げつける。

（……そんなの嘘。……大好き）

瞳に滲んだ涙を、一眞の胸に顔を押しつけて隠す。

一眞が花菜の髪を撫でた。

「かんにん。――僕も花菜さんが大好きや。世界で一番、大切な奥さんやで」

甘い声でそう囁いて、繰り返し頭を撫でる一眞の手の感触が気持ちよくて、興奮していた気持ちが次第に落ち着いてくる。

（本当に、そう思ってくれているの？）

彼の腕の中にいるのが心地良くて、しばらくの間、花菜は一眞の胸にもたれていたが、これだけは言っておかねばと顔を上げた。

「……一眞さんはわかりにくいです。もっと何を考えているのか話してほしい。夫婦

「……なんですから」

一眞が「これからはそうする」と約束してくれたので、花菜はようやくほっとした。

お互いの気持ちを確認するように寄り添い合っていたが、ふと、都美のことを思い出し、花菜は一眞から体を離した。

「伯母さん、まだ下にいるんでしょうか？」

「ああ、そうやった」

一眞も忘れていたようだ。

「様子見てくるわ」

「私も行きます」

「……大丈夫？　無理しぃひんでええよ」

一眞が気遣ってくれたが、花菜は軽く首を横に振った。これは花菜の問題だ。一眞任せにしておいてはいけない。

一階に下りると、『縁庵』の店内に、都美はまだ座っていた。二人の姿に気が付き、顔を向ける。

「花菜さん。まずはお父さんに会ってもらってから、ゆっくりと話し合いをして、納得して戸塚家に戻ってもらうつもりだったのだけど、思っていたよりも時間がないことがわかったの。進堂さんから説得してもらえれば、あなたも了承してくれるかと思ってご相談してみたのだけど、話は聞いてくれたかしら？」

都美は花菜に優しく微笑みかけた。

（伯母さんは私をどうしたいの？）

当初は、病気の祖父に顔を見せてほしいという話だった。それが途中から、戸塚家に戻って会社を継いでほしいという話に変わっている。

（伯母さんの本音はどこにあるの？）

花菜は都美の目を見つめた。

伯母の考えはよくわからない。けれど、自分の気持ちは決まっている。

一眞と別れる気も、『縁庵』を離れる気もない。社長職になど興味はない。戸塚家の財産なんて一円もいらない。

花菜は京都で、進堂花菜として生きていく。

「伯母さん、私、お祖父様に会いに行きます」

都美のそばへ歩み寄り、花菜はそう告げた。都美の表情が輝く。

「来てくれるの？　お父さんも喜ぶわ！」

「花菜さん？」

一眞が不安そうに花菜の名を呼ぶ。花菜は「大丈夫」と言うように、一眞に頷いてみせた。

「都合のいい日時を指定してください。その日に、東京に行きます。ただし、一眞さんも一緒です」

都美は一眞にちらりと目を向けたが、「もちろんいいわよ」と頷いた。

「日程を決めたら、また連絡する」と言って都美が帰っていくと、花菜はようやく緊張を緩めた。

「はぁ……」

息を吐いて椅子に腰を下ろした花菜から離れ、一眞がキッチンに入る。

しばらくして、ラテカップを手に戻って来た。

「はい、どうぞ」

目の前に置かれたカップを見て、顔が綻ぶ。フォームミルクで、可愛いクマの絵が描かれている。

「可愛い。いただきます」

クマを崩さないよう、そうっとカフェラテに口を付ける。

「僕も一緒って言ってくれて嬉しかった」

向かい側に腰を下ろした一眞が、花菜を見つめて微笑む。

「花菜さんを信じてる」

花菜も一眞に微笑み返し、小さく頷いた。

「ほな、おやすみ。今日は疲れたやろ。花菜さんも早く寝たほうがええよ」

一眞が花菜の頭を一撫でして自室に向かった後、花菜は読んでいた北見兵吾の単行本を傍らに置いた。

『縁庵』の本棚にあった文庫本を読んでから、花菜はすっかり北見兵吾の作品のファンになった。今は過去作を一眞に借りて、順番に読んでいるところだ。

いつもなら読書に夢中になれるのに、今夜は気もそぞろで集中できない。

昼間、都美が『縁庵』に来て一悶着あったが、その後は、一眞と二人でデパートへ買い物に行ったり、一緒に晩ご飯を作ったりと、いつもどおりの時間を過ごした。

――過ごそうとしていた、と言ったほうがいいだろうか。

花菜は一眞に今まで抱えていた不安を打ち明け、一眞のほうも何かが吹っ切れたようだった。

二人の間の距離は確実に縮まったはずなのに、それでもやはり一眞からは、どこまで花菜に許容されるのか計りかねているような遠慮を感じる。

花菜自身も半ば興奮しながら本音をぶちまけた恥ずかしさがあり、今日は努めて、いつもと変わらないよう、振る舞おうとしていた節がある。

「……このままでいいのかな……」

サンちゃんを引き寄せ、ぎゅうと抱いて顔を押し付ける。

しばらく悩んだ後、花菜は意を決して立ち上がった。リビングを出て、一眞の部屋に向かう。戸の隙間から明かりが漏れているので、彼もまだ起きているようだ。

「一眞さん。ちょっといいですか……？」

声をかけながら、そっと戸を開ける。

「花菜さん、どうしたん？　まだ寝えへんの？」

顔を覗かせた花菜に気付き、布団に横になってスマホを見ていた一眞が、体を起こした。

「あの……寂しいので……今夜は一緒に寝てもいいですか……？」

躊躇いがちに尋ねる花菜の言葉を聞いて、一眞の目が丸くなる。

花菜が胸にサンちゃんを抱えているのを見て、一眞は「ふっ」と笑った。

「ぬいぐるみ持って……子供みたいやね」

「子供じゃないです！」

まるで、一人で眠れない子が、大好きなぬいぐるみと一緒にお母さんの布団に潜り込みに来たかのように言われて、花菜は頬を膨らませた。

「ええよ。おいで」

一眞が腕を広げた。花菜が歩み寄ると、一眞はぬいぐるみごと、両手で花菜を包み込んだ。一眞の体温を感じて、緊張していた気持ちが和らぐ。

（こうしてぎゅっとしてもらえるのなら、子供でもいいかな……）

体にもたれかかって目を閉じていたら、一眞がしみじみとした声でつぶやいた。

「……僕の奥さんが可愛くてつらい……」

花菜は、ぱちっと目を開け、瞬きをした。上目遣いで一眞を見る。

「あの、えっと、それはどういう……」

戸惑う花菜の耳元で一眞が囁く。

「花菜さんが可愛くて、大切すぎて、ほんまはいつでもこうしていたいねん。腕の中に閉じこめて、片時も離したくない」

（一眞さん、本当はそんなふうに思ってくれていたの？）

意外な本音を聞いて驚いた。動揺と嬉しさで何も言えないでいると、一眞が少し体を離して、花菜の顔を覗き込んだ。

「ユウに言わせると、僕の愛は重いらしいで」

「そうなんですか……？」

どういう話の流れで、一眞は親友の友樹にそんなことを言われたのだろう。

不思議に思っていると、体の間から、ぬいぐるみを抜き取られた。

「あっ」

「そやし、花菜さん、覚悟してな」

一眞は鮮やかに微笑んだ後、もう一度、花菜を抱きしめた。

＊

五山の送り火が終わって数日が経ち、八月も下旬に入った。

都美に呼ばれた花菜と一眞は新幹線で東京へ向かい、品川《しながわ》駅に到着した。都美が駅前のホテルを予約しておくと言ってくれたが、花菜は丁重に断った。戸塚家に金銭的に頼りたくはない。

祖父と都美とはホテルのラウンジで会う予定になっている。

駅を出て、まっすぐに指定されたホテルに向かう。

歩きながら、花菜は、まだ見ぬ祖父はどんな人なのだろうと考えた。

（顔はお父さんに似ているのかな？　厳格らしいし、怖い人なのかな……）

都美から祖父に花菜の話は伝わっているはずだ。顔を合わせた時、祖父はどんな反応をするのだろう。

不安が強いが、ほんの少し期待している自分に、花菜は気付いていた。

（何を言われても、私は戸塚家には帰らないつもりではいるけれど……）

それでも「会えて嬉しい」と言ってもらえたならば、父も母も報われるのではないだろうか。

ラウンジは上層階だったので、エレベーターを探して乗り込む。

扉が開くと、そこは吹き抜けのロビーだった。ラグジュアリーな雰囲気のラウンジに入り、近付いて来た給仕の女性に「人と待ち合わせをしている」と告げる。

案内されたソファー席には既に都美の姿があり、隣には白髪の老紳士が座っていた。上品なジャケット姿で銀縁のメガネを掛けている。おそらく、祖父で間違いないだろう。花菜が想像していたとおり、厳格な雰囲気の人だった。

老紳士は花菜と一眞の姿に気付くと顔を上げた。目が合う。老紳士はにこりとも笑わない。代わりに都美が笑顔で「花菜さん、こんにちは」と挨拶をした。

「遠いところ、来てくれてありがとう。座って」

促され、向かい側の席に腰を下ろす。給仕の女性からメニューを手渡されたので、適当にコーヒーを頼んだ。

「お父さん。こちらが、話していた花菜さん。それと、ご主人の進堂さん」

都美が老紳士に二人を紹介する。老紳士はジャケットの胸ポケットから名刺入れを取り出すと、中から一枚抜き取り、一眞に向かって差しだした。

「戸塚勇《とつかいさむ》です」

一眞は軽く頭を下げながら名刺を受け取り、

「初めまして。進堂一眞です」

と挨拶を返した。

「……君が花菜の夫なのか」

値踏みするように、勇が一眞に不躾なまなざしを向ける。一眞は涼しい表情を崩さず、「はい」と答えた。

勇の瞳が花菜に向いた。一眞にしたのと同じように、じろじろと顔を見る。花菜は居心地の悪い思いで身じろぎした。黙っているわけにもいかないので、当たり障りなく「初めまして」と言ってお辞儀をする。

（何を話せばいいんだろう。お祖父さんはお体の調子が悪いと伯母さんが話していたし、ご体調をお聞きしてみようか……）

勇はひどく痩せていて、顔色もあまりよくない。先日まで入院していたと聞いているので、今日は無理をして来てくれたのだろうか……？

「あ、あの……お体の具合が悪いとお聞きしました」

花菜がおずおずと切り出すと、勇は低い声で、

「先日まで病院に入っていたが、今は退院して元気だよ」

と答えた。

「そうでしたか。よかった」

思わず漏らした安堵の言葉に、勇が僅かに表情を動かした。

「花菜は、京都で働いているとか？」

勇から質問され、花菜は、

「主人と一緒に、『縁庵』という和カフェで働いています」

と、答えた。どうやら勇は、花菜に全く興味がないわけではなさそうだ。

「飲食店か……。経営が大変らしいな」

「えっ？」

予想外の返しをされて、花菜は目を瞬かせた。

「小さな店で売上が芳しくなさそうだと、都美が話していた」

（伯母さんがそんなことを？）

都美を見れば、勇の言葉に頷いている。

『縁庵』は繁昌していないわけではない。若いお客様や観光客も多いし、ご近所さんもよく来てくれる。

花菜は一眞の顔を見上げた。

（否定したらいいですか？）

無言で問いかけると、一眞が真面目な表情を勇に向けた。

「確かにうちは小さい店ですし、毎日すごい売上があるというわけやないですけど、夫婦二人、食うに困らない程度には稼いでいます」

「食うに困らないって」

都美が横から口を挟む。どこか馬鹿にしたような口調に、花菜はムッとした。

「お父さん。私、花菜さんにはうちに戻ってきてもらおうと思っているの。花菜さんは志暢の忘れ形見だもの。志暢の分まで幸せになってほしいわ。それに、会社の後継者問題もあるでしょう?」

花菜が戸塚家に戻るという話が、都美の中でまだ生きているのだと知り、驚いた。

花菜はまっすぐに都美を見て、再度断った。

「私、戻りません。伯母様。この間、そうお話ししましたよね?」

「でも……跡を継げるのは花菜さんだけなのよ」

勇が「どういうことか」と言うようなまなざしを、食い下がる都美に向けている。

花菜の今後の身の振り方に対し、父娘の間で思い違いがあるように見受けられ、花菜は戸惑った。

「失礼ながら」

一眞が会話に割り込んだ。

「戸塚玩具の後継は、年若い花菜さんよりも、都美さんが担えばよいと思います」

確かに、都美がいるのだから、無理に花菜が継ぐ必要もない。

　勇は都美を横目で見た後、一眞に視線を向けた。

「都美に経営者としての資質はない。継がせる気はない。昔からそれはわかっていた」

　勇の、自分の娘への手厳しい言葉が意外だったのか、一眞が驚きの表情を浮かべる。

「だから志暢に期待していたんだがな」

　父親に溜め息をつかれ、都美が膝の上でこぶしを握る。

「志暢、志暢、志暢。昔からお父さんはそればっかり。私のことを見ようともしない」

　震える声で、都美が勇を責めた。

「お父さんのために、お父さんの大好きな志暢の娘を捜して来てあげたんじゃない！　志暢の娘なら、志暢みたいに賢くて優秀な子でしょうよ。志暢の代わりがいるんだから、わざわざ会社を他人に譲らなくてもいいでしょう！」

　気持ちが高ぶってきたのか、都美の声が次第に大きくなる。

（伯母様？）

　都美の変化に花菜は戸惑い、テーブルの下で一眞の袖を摑んだ。「僕が付いてるし大丈夫」と言うように、一眞が花菜の手を握る。

「そういうところが、経営者に向いていないと言うんだよ。お前はすぐに感情的になり、自分をコントロールできなくなる」

　ぴしゃりと勇に諫《いさ》められ、都美の顔が歪んだ。

「お父さんは勝手だわ。お母さんが死んだ後も仕事ばかりで、子供のことは家政婦に任せっきり。家に帰ってきたら、志暢にはあれこれ声をかけるのに、私にはほとんど何も言ってくれなかった。お父さんに期待されていたくせに、志暢は反抗的で、好きな女を作って家を飛び出して行ったわ。志暢がいなくなったのは予想外の出来事だったけど、もしかしたら、これでお父さんは私を見てくれるようになるんじゃないかって思った。だけどお父さんは私の意志を無視して、会社のために適当な男と結婚させたわよね。結局、旦那は戸塚玩具を辞めて、私を捨てて出て行ってしまった。私はお父さんのために、若い時を棒に振ったのよ！」

　都美が一気にまくし立てる。静かなラウンジに声が響き、周囲の視線が集まる。このような公共の場で大声でヒステリーを起こす伯母の非常識さに、花菜と一眞は驚いた。まるで子供だ。

「私が幸せになれないのはお父さんと会社のせいよ。お父さんは、私を不幸にしてまで会社のことを大切にしていたのに、今さら、私でも志暢でもない他人に跡を継がせないでよ！」

　都美は今まで不満を溜め込んでいたのだろう。

堰《せき》を切ったように文句をまくし立てる娘を、勇は静かに見つめている。

花菜も一眞も何も言えず、ただ黙って父娘の様子を見守った。

長い沈黙の後、勇がようやく口を開いた。

「お前が大人になっても幼稚なのは、欲しい物は何でも与えて、我が儘に育てすぎたせいだと思っていたが、どうやら思い違いをしていたようだ……」

溜め息交じりにつぶやかれた言葉を聞いて、花菜は悲しい気持ちになった。

(我が儘に育てすぎたって……。伯母様はただ寂しかっただけなのに)

伯母はしきりに、戸塚家は裕福だと言っていた。きっと彼女は、金銭的には、なんの苦労もしていない。けれど、弟が父から贔屓される一方で、自分は顧みられず、悔しく寂しい思いをしていたのだろうと、花菜は都美の気持ちを想像した。

伯母が欲しかったのはお金ではない。父の愛情だ。

都美は唇を噛んで、勇を睨み付けている。

二人にどう声をかけていいのかわからず迷っていると、

「失礼ですが」

と、一眞が間に入った。

「あなた方、父娘のいざこざに、花菜さんを巻き込まんといてくれはりますか？」

それは第三者だから言える言葉だった。一眞にとって、勇と都美の諍いはどうでもいいし、大切なのは花菜だけだ。

「花菜さんは戸塚家には帰らない。志暢さんの代わりにもならない。父娘ゲンカは、僕らと関係のないところでしてください」

ぴしゃりとそう言うと、一眞は手早く財布からお金を出してテーブルの上に置いた。

花菜の手を取って立ち上がる。

「花菜さん、行こう。京都に帰ろう」

「えっ……」

花菜は、勇と都美の顔を交互に見た。都美の息づかいは荒く、まだ興奮している様子だったが、勇は花菜に目を向け「行きなさい」と言うように小さく頷いた。

「お祖父様、さようなら……！」

一眞に手を引かれ、テーブルを離れながら、花菜は勇に声をかけた。

ラウンジを出て、エレベーターに乗り込む。一眞は不機嫌な表情で黙り込んでいる。

心配になって、そっと声をかけると、一眞が我に返った。ばつの悪い様子で花菜を振り向く。

「……一眞さん？」

「……かんにん。せっかくのお祖父さんとの対面、台無しにしてしもた」

花菜は首を横に振った。一眞が謝る必要はない。彼はただ、花菜を守ろうとしただけだ。

（『縁庵』と一眞さんのそばが私の居場所）

花菜は、繋いでいた一眞の手を強く握った。一眞の表情が和らぐ。

エレベーターが一階に到着する。かごから降り、建物の出口へ向かいながら、一眞が言った。

「お祖父さんは、都美さんの本音を聞いて、自分の間違いに気付かはったんやないかな」

「えっ？」

どういう意味だろうと思って、一眞の横顔を見上げる。

「『我が儘に育てすぎたせいだと思っていたが、どうやら思い違いをしていたようだ』って言うてはったやろ？」

「それって、都美さんにいくらでもお金を与えてしまったから、我が儘になってしまったって意味ですよね？」

「ううん」

一眞は花菜の問いかけに、首を横に振ってみせた。

「お祖父さんは都美さんの訴えを聞いて、本当はお金よりも愛情を与えなければいけなかったんやって、自分の間違いに気付かはったんと違うかな？」

「あ……」

花菜は勇の言葉を思い返した。確かにそういう意味として捉えることもできる。

「お祖父さんと伯母さん、和解できますよね……」

「できるんとちがうかな。できたらええと、僕も思うで」

花菜の想いを汲むように、一眞が同意する。

二人は建物を出ると、人の流れに乗って、品川駅方向に歩いていった。

＊

ラベンダーの香りが鼻腔をくすぐる。施術ベッドに仰向けに寝ている花菜のデコルテを、セラピストの本間萌夏《ほんまもか》が優しく撫でている。

「ここ、ちょっと痛くないですか？　リンパが流れてて、溜まりやすいんですよね」

脇のあたりをさすりながら、萌夏が尋ねてくる。「痛い」と言うよりも「痛気持ちいい」という感じだったので、花菜は「大丈夫です」と返事をした。

「エステなんて初めてです。お姫様になった気分」

花菜が萌夏を見上げてそう言うと、萌夏はにこっと笑った。

「今日は遠慮なくリラックスしていってください。このベッドをいただいたお礼という口実の、私のリハーサルに付き合ってもらってるんですから」

萌夏は年内に、アロママッサージのプライベートサロンを開く予定らしい。

知り合いから「施術ベッドを処分したいので、誰かに譲ってもらえないだろうか」と相談を受けた一眞が貰い手を探していたところ、亜紀が、会社の元先輩でアロマセラピストの萌夏を紹介してくれたのだ。

萌夏の指が肌を撫でる感触を心地良く思いながら、花菜は一眞の言葉を思い出していた。

『ベッドのお礼にエステしてくれはるんやって。物々交換ならぬ、物とスキルの交換やね。せっかくやし、花菜さん、エステしてもろておいで』

（物とスキルの交換って面白いけど、少し申し訳ないな）

スキルは、訓練や経験、努力、時にお金を費やして身に付けた技能だ。貴重な能力を物との交換に使ってくれることに、花菜は感謝の念を持った。

「萌夏さんは、もともとは事務員をされていたんですよね。どうしてアロマセラピストに転職しようと思ったんですか？」

興味を覚えて尋ねると、簡潔な答えが返ってきた。

「好きだから」

「好き？」

「昔から、アロマとかハーブとか好きだったんです。でも、好きだけで仕事にするのもどうかなって思って、安定を考えて会社員になったんですけど、私、事務仕事が合っていないのか、ストレス溜まっちゃったんです。そういう時に精油の香りを嗅ぐと、やっぱり癒やされるんですよね」

（確かに、香りで癒やされるっていうの、わかる気がする）

良い香りを嗅ぐと幸せな気持ちになるし、アロマセラピーに使う精油には、種類によって体に及ぼす作用があるらしい。

「同じ働くなら、自分の向いていることをしたいなぁって思ったんです。私みたいにストレスが溜まっている人を癒やしてあげたい。アロマセラピストになりたいって言ったら主人に怒られるかもしれないって心配だったんですけど、逆に『好きなことすればいいいんじゃない？』って言われてびっくりしました」

萌夏が穏やかな口調で続ける。

「理解のあるご主人ですね」

「そうですね。ありがたいです。私、今年で四十歳になるんですけど、主人が『人生八十年だとしたら、まだあと半分もあるんだよ。今までの四十年間で、萌夏は学生時代に勉学に励んで知識を身に付け、社会人になって一生懸命働いた。時には嫌々だったかもしれないけれど、様々なことを成し遂げてきたはずだよ。あとの四十年も、頑張ればなんでも叶えていけるんじゃないかな？』って背中を押してくれたんです。それで、思い切ってやってみようって決心しました」

柔らかく微笑み、萌夏は続ける。

「もちろん、お金を貯めたり、本格的にアロマの勉強をしたりして、しっかりと下準備をしました。アロマセラピストになったからって、必ず成功するわけじゃないですしね。夢が続くように、できるだけのことはしておかないと。この施術ベッドだって、誰かがリラクゼーションの仕事を辞めたから、不要品として出てきた物でしょうし……」

萌夏の話を聞いて、ふと、以前いずみが「女性の平均寿命は八十七歳」だと言っていたことを思い出した。

（八十七歳まで生きるっていうのは、病気もなく、事故もなく、長生きをしたらってことだけどね……）

花菜の両親や一眞の両親のように、早逝する場合もある。

花菜だって明日、突然の死に見舞われるかもしれない。その時に、後悔のない人生を送ったと言えるだろうか。

『花菜さんは夢ってある？』

かつて一眞が花菜に問いかけた言葉が蘇る。

『花菜さんに何かしたいことができたら、遠慮なく言うてな。応援するし』

(私の夢……。したいこと……)

それは一体なんなのだろう。

萌夏の手技とラベンダーの香りで、花菜の意識が朦朧《もうろう》としてくる。

「遠慮なく寝てくださいね」

萌夏の勧めに頷き返した後、花菜はすうっと眠りに落ちていた。


『可愛いなぁ……。可愛いね。本当に可愛い。この子は天使かな?』

誰かが花菜の頬をつついている。花菜はその指をぎゅっと握った。

『僕の指を摑んだよ。小さい手だなぁ』

心地良く、誰かが体を揺らしてくれる。生まれるまで花菜が聞いていたのと同じ鼓動が、すぐ間近で聞こえる。

『花菜、私たちのところに生まれて来てくれてありがとうね』

温かで優しい声が、花菜に愛情を囁く。

(お父さん……? お母さん……?)

まどろみながら、花菜は夢の中で、懐かしい両親の声を聞いていた。

＊

「ただいま」

『縁庵』に戻り、二階に上がってリビングに入ると、一眞の姿がなかった。

「部屋にいるのかな？」

姿を探して一眞の自室に向かう。

「一眞さん、今、帰りました」

戸を叩いて声をかけたら、中から「おかえり」と返答があった。

部屋の中を覗くと、一眞はローテーブルの前に座って、何か書き物をしていた。

「エステはどうやった？」

手招かれたのでそばへ行き、腰を下ろす。

「すごく気持ちよかったです。肌がつやつやして、体も軽くなった気がします」

頬に両手を当てて満足の笑みを浮かべる花菜の顔を、一眞が覗き込む。

「エステに行かなくても、花菜さんの肌はいつもつやつややけどね」

さらっと褒めて花菜を引き寄せた。

「ええ匂いがする」

「えっ、あのっ、一眞さんっ？」

首筋に顔を寄せられて、花菜の心臓が跳ねる。

「アロマの匂いやろか？」

「た、たぶん……ラベンダーの匂いが付いて残ってるんだと思います……」

萌夏が使っていたマッサージオイルと、部屋で焚いていた精油の香りが、花菜の髪や服に染み付いているのだろう。香りを楽しむように、一眞が背後から花菜を抱きしめ、髪に顔を埋める。

（うう、近い……。最近の一眞さん、遠慮がなくて動揺してしまう……）

「愛が重い」宣言をしてから、一眞の中で何かが吹っ切れたのか、最近はすぐにくっついてくるので困ってしまう。

（嬉しくないわけじゃないんだけど……極端なんだってば！）

花菜は半身をひねって一眞を見上げると、恥ずかしさを誤魔化すように、

「手紙を書いていたんですか？」

と尋ねた。

ローテーブルの上には便箋が広げられていたが、白紙だ。何度も書き直しているのか、くしゃくしゃに丸められた紙が散らばっている。

「うん。……なんて書いたらいいのか悩んでてん」

「誰にですか？　あっ、言いたくなければいいんですけど」

一眞のプライベートに踏む込みようで、花菜は慌てて付け足した。

「かまへんよ」

一眞は花菜を抱えたまま身を乗り出すと、便箋のそばに置かれていた封筒を手に取った。「はい」と花菜に手渡す。封筒の差出人を見て、花菜は目を見開いた。

「戸塚勇……お祖父さんから？」

表に返して見れば、宛先名は花菜ではなく一眞になっている。

（どうして、お祖父さんが一眞さんに手紙を？　もしかして、また私に戸塚家に帰って来いって言ってきたの？）

不安な気持ちで封筒を見つめていたら、一眞が花菜の手から取り上げ、中から便箋を引き出した。花菜に見えるように広げる。

「勇さんからの手紙やで。『貴店に対し、失礼なことを言って申し訳なかった』って謝ってくださってる」

紙面に視線を走らせると、几帳面《きちょうめん》な字で、確かにそう書かれていた。

（お祖父さんとの対面の席で都美さんがヒステリーを起こした時、毅然としていた一眞さんのことを褒めてくださってる。孫娘を安心して任せられるって……）

勇が書いた「孫娘」の文字に、胸がぎゅっと締め付けられた。

文章を読み進めていた花菜は、ハッと息を吞んだ。

「お祖父さん、お父さんが亡くなったことも、私の存在も、前から知ってたって……」

『実を申せば、志暢が早くに死んだことも、孫娘がいることも知っておりました。志暢が死んだ後、花菜の母親、千陽《ちはる》さんが知らせてくださいましたので。

私は花菜を引き取ると言いましたが、千陽さんは一人で育てていく覚悟だとおっしゃいました。ならば援助を、と申し出たのですが、それすらも断られました。せめて、中学校、高校の入学の時だけでも、お祝い金を送らせてほしいと言いましたら、それだけは受け取ってくださいましたが……。

千陽さんまでが亡くなっておられたことを知らず、花菜には苦労をさせてしまいました。本音を申せば、今でも、引き取りたいと思っています。けれど、花菜は成人し、進堂さんと結婚している。じじいがしゃしゃり出るわけにもまいりません。

どうか花菜をよろしくお願い致します。この先、何かお困りのことができましたら、遠慮なくご連絡ください。そうそうくたばりはしませんので』

丁寧に綴られた文字を辿るうちに、花菜の目頭が熱くなった。

（お祖父さんは以前から、私を引き取りたいと思っていたんだ……。お母さんはそれを断って、お金もほとんど受け取らずに私を育てていたんだ……。お祖父さんは、そんなお母さんを尊重して、私に関わらないようにしてくれていたんだ……）

手紙を持つ手が震え、紙がカサカサと音を立てる。

「花菜さんのお母さんは、花菜さんを戸塚家に絶対に渡したくなかったのかもしれへんね。愛する志暢さんの忘れ形見やったから……。生活費を受け取ったら、戸塚家に借りを作ることになる。やっぱり引き取りたいって言われた時に、強く出られへんようになる。意地みたいなもんやったんかな」

夫を失った母には、花菜だけが心の支えだった。

息子を失った祖父は、会ったこともない孫娘の花菜に想いを寄せてくれていた。

二人の気持ちを想像し、紙面に涙が落ちる。

（お祖父さんは、きっと優しい人だ）

品川のホテルで会った時、勇は都美に厳しい物言いをしていた。志暢にも過度な期待をかけていたようだが、愛情表現が下手なだけだったのかもしれない。

花菜は手の甲で涙を拭うと、手紙をローテーブルに置いた。一眞を見上げ、尋ねる。

「私もお祖父さんに手紙を書いていいですか？」

「もちろん。きっと喜ばはると思うよ」

一眞が花菜の体を離す。花菜の前に便箋を置き、ボールペンを差しだした。

ペンを受け取り、花菜はしばし悩んだ。今の気持ちを、どう記したらいいだろうか。

しばらくして、花菜は丁寧に文字を綴り始めた。


『拝啓　萩の花も美しい季節となって参りましたが、いかがお過ごしでしょうか。

このたびは、丁寧なお手紙を頂戴し、誠にありがとうございました。

先日のご対面の際は、早々に失礼させていただいたこと、お詫び申し上げます。

私は早くに両親を亡くしております。特に父の死は、幼い頃だったこともあり、思い出もあまり覚えておりません。ですが、母から、父が優しい人で、私たちをとても大切に想ってくれていたのだと、いつも聞かされておりました。

母が亡くなった後も、父と母の愛情に支えられて、私は生きてきました。今、私のそばには、一眞さんという大切な伴侶がいます。私は一人ではありません。お祖父様、どうかご安心ください。

ご体調が優れないと、伯母様からお聞きしております。ご無理をなさらず、どうぞお体ご自愛くださいませ。落ち着かれた頃に、父の話を聞かせていただけましたら嬉しく思います。

かしこ』

＊

勇の訃報《ふほう》が届いたのは、年の暮れも迫った十二月の下旬だった。

都美から連絡を貰い、花菜と一眞は急いで東京の葬儀場へ向かった。

現地へ行くまでは実感が沸かなかったものの、棺桶に横たわった祖父を見るとこみ上げてくるものがあり、花菜の瞳が潤んだ。

結局、実際に会話をしたのも、手紙のやり取りも一度きりだった。どういう人だったのかもわからないまま、祖父は逝ってしまった。

「『そうそうくたばらない』っておっしゃっていたのに……」

小さな声でつぶやいたら、一眞が花菜の肩を抱いた。

一眞は先ほどから、しきりに周囲を気にしている。勇には弟が二人いて、その子供や孫たちも葬儀に出席しており、突然現れた花菜にちらちらと目を向けていた。

出棺の時、花菜は都美から「火葬場まで付いてくる？」と聞かれたが、断った。見知らぬ親族に囲まれ、好奇の視線に晒《さら》されたくはない。

「それなら、渡したい物があるから家で待っていてほしい」と言われ、再従妹《はとこ》だという高校生の女の子に案内されて、戸塚邸に向かった。

戸塚邸は閑静な住宅街に建つ立派なお屋敷だった。都美がしきりに「裕福」だと言っていた意味がわかる。

「私はもう帰りますけど、ここで適当に待っててください」

再従妹は二人を戸塚邸の客間に案内すると、さっさと帰ってしまった。

取り残された花菜と一眞は顔を見合わせ、困惑の表情を浮かべた。身内とはいえ、今日現れた花菜と一眞を、二人だけで置いていくなんて不用心すぎる。

「私たち、ここで待っていていいんでしょうか……」

花菜が不安になって尋ねると、一眞は苦笑して答えた。

「待っててって言われたんやし、いいんちゃう？　さっきお茶を持って来てくれはった家政婦さんもいはるしね」

客間は庭に面していて、南天の実が赤く色づいているのが見えた。

「都美さんが帰ってくるまで、どれぐらいかかるんでしょうか」

「火葬して、またお経を上げてもろて、お墓へ行って納骨しはるやろうから、時間かかるやろね……」

手持ち無沙汰な時間を過ごしていると、家政婦がお茶のおかわりを持ってきた。花菜は立ち上がり、お手洗いを借りられるかと聞いてみた。

「もちろん、どうぞ」と言われて、案内される。

廊下を歩いていくと、ふと誰かに呼ばれたような気がして、花菜は足を止めた。

「どうかされましたか？」

家政婦が、立ち止まった花菜を振り返った。花菜が見ている部屋に気付き、

「そちらは、志暢さんのお部屋だったんですよ」

と、教えてくれた。

「お父さんの？」

花菜は思わず大きな声を上げた。

志暢がこの家にいた頃から雇われていると話していた家政婦は、花菜に向かって、

「中をご覧になられますか？」と優しく尋ねた。

勢い込んで頷く。

「はいっ！　見たいです！」

扉を開けると、部屋は長い間閉め切られていたのか埃臭《ほこりくさ》かった。勉強机、本棚、箪《たん》笥《す》、ベッド……綺麗に片付けられている。

父の面影を探そうと、花菜は部屋に踏み入った。ゆっくりと周囲を見回す。室内はすっきりとしていて飾り気がないが、本棚には書籍の他に、いくつかのおもちゃが並べられていた。

「ぬいぐるみ……？」

なんとなく犬のぬいぐるみを手に取った花菜の頭の中に、不意に男の子の歓声が響

いた。

『ワンワンだ！　すごい！　サンタさん、なんで僕の欲しい物がわかったのかなぁ？』

五歳ぐらいだろうか。小さな男の子が犬のぬいぐるみを手に、母親にじゃれついている姿が見えた。

『アレルギーがあるけど、志暢は前から犬が飼いたいって言ってたものね。ほら、このスイッチを入れたら、動くわよ』

母親がぬいぐみを床に置き、お腹を触ると、犬が四足歩行で歩きだした。男の子がきゃっきゃっと笑い声を上げる。

母子から少し離れた場所に、新聞を読む勇の姿が見えた。背広を着ていて、これから仕事へ行くところといった様子だ。新聞の陰から覗くようにして、母子の姿を見ている。表情は乏しいが、花菜には勇が、どことなく喜んでいるように感じられた。

祖父が経営していたのは玩具会社だ。犬のぬいぐるみも、戸塚玩具の物なのかもしれない。もしかすると、動物アレルギーだという志暢のために開発したのかも——

花菜の脳裏で場面は変わり、今度は制服姿の志暢が、勇と口論している光景が見えた。志暢は中学生のようだ。

『母さんが病気で苦しんでいるのに、帰ってくるのが遅いんだよ！　家族なら、もっと母さんを大事にしろよ！　僕は、あんたみたいにはならない。家族を大切にする人間になる。だから、あんたの敷いたレールには乗らない！』

　志暢の宣言を、勇は無表情で聞き流した。

『今、お前の学費や生活費を出しているのが誰なのか、よく考えろ。お前は何も考えず、私の言うとおりに、しっかり勉強をしていればいい』

（お祖父さん、そんなふうに言ったら駄目……！）

　花菜は心の中で叫んだ。中学生は、まだ親元にいないと何もできない年齢だ。独立したくても、力がない。

　志暢は悔しそうに唇を噛んでいる。

　再び場面が変わった。大人になった志暢が見える。手に、犬のぬいぐるみを持っている。足元には、旅支度のような大きなボストンバッグが置かれていた。

『僕の夢は会社を経営することでも、お金持ちになることでもない。お互いを思いやる、幸せな家庭を築くことだ』

　ぽつりとつぶやいて、志暢はぬいぐるみを本棚に置くと、ボストンバッグを手に部屋を出て行った。

「お父さん……」

　頬に熱いものを感じ、花菜は我に返った。いつの間にか、涙を流していた。

「花菜さん、どうかされましたか？」

声をかけられて振り向くと、家政婦が心配そうに花菜を見つめていた。花菜は手の甲で頬を拭い、「何でもないです」と返事をして、ぬいぐるみを棚に戻した。

再び客間に戻り、さらに待たされた後、ようやく都美が帰ってきた。

「遅くなってごめんなさいね」

都美は謝った後、一旦客間を出て行って、細長い箱を持って戻って来た。

「花菜さんに渡したい物はこれなの」

都美が花菜に箱を差しだす。受け取って蓋を開けると、中に入っていたのは青い軸の万年筆だった。側面に「Shinobu」と文字が入っている。

（お父さんの名前？）

「その万年筆、父が志暢に渡すつもりだったみたい。大学卒業のお祝いだったのかもしれないわ」

「お祖父様が？」

「花菜さん、代わりに貰っていって」

都美に勧められ、花菜は箱の中から万年筆を取り上げた。

その瞬間、苦しそうに万年筆を見つめる勇の顔が、繰り返し、繰り返し、脳裏に過った。

（お祖父さんは何度もこの万年筆を取り出して、眺めて、後悔してきたんだ）

花菜はふと、勇は、歳を取ってからできた可愛い息子に、安定した道を歩ませたかっただけなのかもしれないと思った。

（お父さんが成人した時には既に、お祖父さんはご高齢……。自分がいなくなった後のことが心配だったのかな……）

都美への言葉遣いや、志暢との口論の様子から、性格的に愛情表現が下手な人だったのではないかと推察する。

花菜が、誰かが大切にしていた物に思い出を垣間見るのは、そこに相手を愛し、思いやる気持ちが宿っているから。

犬のぬいぐるみには勇を想う志暢の心が、万年筆には志暢を想う勇の心が籠もっている。お互いに大切な家族だったはずなのに、すれ違ってしまった父子に悲しくなる。

目を伏せて万年筆を握りしめる花菜に、一眞が心配そうなまなざしを向けている。

花菜は顔を上げると、都美に向かって丁寧に頭を下げた。

「ありがとうございます。この万年筆、いただきます。それから……戸塚家との関係はこれっきりにさせてください」

都美は複雑な表情を浮かべたが、「わかったわ」と答えた。

「父が亡くなる直前、話をしたんです。父が私を戸塚玩具の後継者に選ばなかったのは、向いていないことをさせて、苦労を与えたくなかったからなんですって。私、会社のためにお見合いをしたと言っていたでしょう？　別れた夫は、父が探しに探して、『この人なら』と思って決めてくれた方だったらしいわ。私はそれまで、誰ともお付き合いをしたことがなかったから、放っておいたら結婚できないと思ったのだそうよ。幸せになってほしかったんですって……。結局、夫とは性格の不一致で別れてしまったけれどね」

弱々しく微笑みながら、都美が勇との最後の思い出を語る。

「お父さん、早く言ってくれればよかったのに。不器用すぎるわ。子供は親の言うことさえ聞いておけばいいとか、結婚が幸せだとか、男は仕事をして家族を養うべきだとか、決めつけるものじゃないと思うのよ。でも、私たちを心配する気持ちは本物だったんだわ。もっと話し合えていたら、私も志暢も何かが違っていたかもしれない。死の間際に本当の気持ちを伝えてくれても、親孝行に間に合わないのにね……」

それぞれの想いが掛け違い、お互いに誤解を続けた戸塚家の人々に対して、花菜は切ない気持ちを抱いた。

戸塚邸を出ると、いつの間に降り始めたのか、粉雪が舞っていた。

「花菜さん、ご実家と縁を切ってしまってよかったん？」

　一眞が心配そうに問いかけたが、花菜は歩きながら「いいんです」と答えた。

「もともと、いないと思っていた親戚ですし。それに……私には一眞さんがいるから」

「そうやね」

　花菜は一眞に笑いかけた。一眞が花菜の手を握る。

「一眞さん、前に言ってくれましたよね」

「ん？」

「私に夢はないのかって」

「ああ……そういえば」

　思い出した様子で相づちを打つ一眞を見上げ、花菜は明るい声で言った。

「夢、見つけました」

　一眞の前に回り込んで、もう片方の手を取り、正面から夫の顔を見上げる。

「一眞さんと一緒に楽しい毎日を過ごしていくことが、私の夢です」

　満面の笑みを浮かべる花菜を見て、一眞が目を丸くする。

「それって、夢と言うには、すごく普通やけど……」

「私は何者にもならなくていい。ただ、あなたのそばで毎日笑っていられたら、そうして一生添い遂げられたら、それが私の幸せです」

父がごく普通の温かな家庭を望んだように、花菜もまた、それを望む。「普通」は、きっと「特別」なのだ。

花菜の想いを聞いて、一眞が優しく目を細めた。

「……そうやね。僕の夢も同じじゃや。『死が二人を分かつまで』――一緒にいようか」

「『死が二人を分かつとも』――一緒にいます」

花菜が言い換えると、一眞は微笑んで花菜を引き寄せた。

抱き合う二人の上に、静かに雪が舞い落ちる。

花菜が「くしゅん」とくしゃみをしたので、一眞が体を離し、

「表通りまで出たら、タクシーを拾おうか」

と提案した。

「そうですね。歩くにはちょっと寒いです」

「鼻の頭が赤くなってる」

「本当ですか？　恥ずかしい」

両手で鼻を押さえた花菜を見て、一眞が愛おしそうな顔をする。

「可愛いで。僕の奥さんは、いつも可愛い」

「もうっ」

まっすぐに愛情を向けてくれる一眞のまなざしがくすぐったくて、花菜は照れ隠し

に夫の腕に抱きついた。

二人は手を繋ぎながら、雪の降る静かな住宅街の坂道を下っていった。

終章　御幸町通のお結び屋さん

『縁庵』の閉店作業をしながら、花菜は一眞を振り返った。店内に入れた黒板を、壁際に立てかける。

「物々交換新年会ですか？」

レジ締めを終えた一眞が「うん」と頷いた。

「いつもお世話になってる皆さんを呼んで、『縁庵』で新年会がてら、不要品を持ち寄って交換会をしたら楽しいかなって思ってん」

一眞の提案に、花菜は両手を合わせた。

「楽しそうですね！　いいと思います！　日程はもう考えてるんですか？」

「一月の末頃はどうかなって思ってる」

「どなたを呼ぶつもりですか？」

「ユウと、飯塚さん、亜紀ちゃん、千鯉堂さん、豊さんにも声をかけてみようかな。花菜さんは、いずみさんを誘ってみて」

「連絡してみます」

弾んだ声で答える。いずみは賑やかな集まりが好きなので、喜んで参加してくれそうだ。

それぞれの知り合いにメッセージを送ったり、ご近所さんには直接お声がけに行ったりして誘ったところ、最終的な参加者は一眞と花菜を含めて十七人になった。

一月最終週の定休日。新年会参加者が『縁庵』に集まった。

「よう、カズ！　花菜ちゃん！」

妻の希実と五歳になる息子の竜之介を連れた友樹が店に入ってきて、軽く片手を上げる。

「お久しぶりです、鶴田さん」

カウンターテーブルに料理を並べていた花菜は、鶴田一家に向かってお辞儀をした。

新年会のごちそうはブッフェスタイルにしようと、一眞と話し合って決めていた。参加者に自由に取ってもらう形式のほうが、料理をする一眞も楽だし、参加者も気を使わなくていいのではないかと考えたのだ。

「相変わらず、カズのメシはうまそうだな！」

料理を目にして、友樹が弾んだ声を上げる。

「いらっしゃい。希実さんも、今日はおおきに」

カウンターキッチンから一眞が顔を出し、希実に会釈をした。竜之介にも手を振ると、竜之介はにこにこ笑いながら一眞に手を振り返した。

「こんにちは、花菜ちゃん！」

次に店に入ってきたのは、一眞の幼なじみの亜紀だった。チェスターコートとネイビーのパンツ姿が、きりっとした亜紀の雰囲気に似合っていてかっこいい。

「こんにちは、亜紀さん」

「花菜～！　来たよ～！」

亜紀のすぐ後ろから顔を出したのはいずみだ。友樹の姿を見つけ、「どうも！」と明るく挨拶をする。以前、友樹といずみ、一眞と花菜の四人で食事に行ったことがあるので、二人の気心は知れている。いずみが希実に挨拶をしている間にも、続々と知人がやってくる。

参加者が揃ったところで、一眞もカウンターキッチンから出て来た。花菜は皆に飲み物を配ってまわる。

「あらためまして、あけましておめでとうございます。今日は新年会に来てくれはって、おおきに」

一同が笑顔で一眞の挨拶に耳を傾けている。

「昨年は、夫婦共々お世話になりました。今年もどうぞよろしくお願いします」

「こちらこそ」

「いつも進堂君には世話になってばかりやからな！　なんでも頼ってくれたらええ

で！」

錦市場で乾物屋を営む大澤豊《おおさわゆたか》と、古書店『千鯉堂』の千里瀧雄から声が上がる。豊は歳は七十代で、細身で背が高い。一方の瀧雄は、中肉中背でごま塩頭。歳は五十代。二人とも気のいい店主で、一眞と親しい。

一眞はもう一度「おおきに」と言うと、持っていたグラスを掲げた。

「皆様のご清祥《せいしょう》をお祈りして、乾杯」

「乾杯！」

「かんぱーい！」

花菜は隣のいずみとグラスを合わせた。

新年会は賑やかに始まった。

「ご飯、めっちゃおいしそうやね」

さっそくお皿を手にしたいずみが、目をきらきらさせながら料理を取る。

「一眞さんと一緒に朝から一生懸命作ったの」

唐揚げ、春巻き、鶏南蛮、ジャーマンポテト、あさりのパスタ、カプレーゼなど、和洋取り交ぜたメニューが並ぶ。もちろん、おむすびも、梅、おかか、鮭、昆布と、各種取りそろえている。

初対面の人たちもいたが、皆、料理を食べながら、和やかにおしゃべりを楽しんでいる。

しばらくすると、フリーカメラマンの飯塚圭司が連れて来たミュージシャンの青年二人組がギターを奏で始めた。興に乗ったのか、圭司がいい声で歌い始める。今年四十歳になった圭司は、相変わらず男ぶりがいい。

一旦食事が落ち着いた人々が、持ち寄った品々の見せ合いを始めた。

瀧雄の妻の小代里《さより》が、

「これ、お歳暮で貰った梅干しやねん。我が家、白干し梅は好きなんやけど、はちみつ入りは食べへんねん。よかったら、誰か貰てくれへん？」

と声をかけると、ネイリストの永峯理香子《ながみねりかこ》がすかさず手を上げた。四十代の理香子は年齢を感じさせない白い手をしていて、今日も綺麗にネイルを塗っている。

「私、欲しいです！　はちみつ梅、大好きなんです！」

「ほんま？　ほな、あげるわ」

小代里が紙袋を差しだすと、理香子は嬉しそうに受け取った。

「私、実は、物々交換できる物が家に何もなかったから、手ぶらで来たんです。進堂さんが『不要品がなければ特技でもいいですよ』って言ってくださっていたので、もしよかったら、今度ネイルさせてください」

理香子の申し出を横で聞いていた豊の妻、富江《とみえ》が、

「それ、ええわ！　理香子さんのネイル、素敵なんやで。小代里さん、ぜひやってもらい！　ほんで、そのままお客さんになりよし！」

と、力強く勧めた。富江は理香子のネイルサロンの常連なのだ。

「ほんなら、やってもらおうかしら。今度、お伺いしてもええ？」

「ぜひぜひ！」

ご夫人方が盛り上がっている近くで、いずみと亜紀が、それぞれ持って来た服とアクセサリーを交換している。

「このカットソー、めっちゃ高いブランドのやつやないですか！　しかも新品！　ほんまに貰っていいんですか？」

いずみが興奮した口調で亜紀に尋ねると、亜紀は気軽に手を振った。

「貰って貰って！　ネットで買ったんやけど、サイズが合わなかったの。捨てるのももったいなかったから、いずみちゃんみたいに可愛い子に着てもらえたら嬉しい。私こそ、このネックレス貰っていいの？」

「貰ってください！　お正月に買った福袋に入ってたんですけど、私の好みやなかったんですよね」

カウンターテーブルのそばでは、友樹が圭司にゲームソフトを譲り、圭司が、今度お礼に鶴田家の家族写真を撮るという約束をしている。

御幸町通に面する雑貨店の店主、清香が、希実に竜之介の子育てについて質問をしている。清香は結婚して伊江姓になった。夫の信士も、そばで妻たちの会話を聞いている。

（皆、楽しそう）

周囲を見回していた花菜は、カウンターキッチンの中から店内の様子を見ている一眞に気が付いた。花菜もキッチンに入り、一眞の隣に立つ。

「一眞さんは皆とお話をしないんですか？　飲み物なら、私が配りますよ」

料理はまだたくさんある。追加を作る必要はない。

一眞にも楽しんでもらいたいと思って声をかけたら、一眞はにこっと笑った。

「世代が違うけど、皆、楽しそうやなって思って見ててん。いずみさんは『縁庵』のご近所さんたちとは初対面やし、理香子さんも、お誘いした時は『富江さん以外の人は知らないから参加してもいいのか不安』って言ってはってん。でも、物と物の交換を通じて、和気藹々としゃべってはる。物と物が結ぶご縁って不思議やね」

しみじみとそう言う一眞に、花菜は笑い返した。

「物と物というよりも、このご縁は一眞さんが作ってるんですよ。『縁庵』っていう場が、皆を出会わせたんです。私と一眞さんを出会わせて、夫婦にしてくれたのも、このお店です」

一昨年の八月、仕事と家を失い、どん底だった花菜は、『縁庵』の前で一眞に出会った。妙な成り行きで仮初めの夫婦として同居をすることになり、お互いに惹かれ合って結婚した。

きっと、一眞が作り出すこの店の温かな雰囲気が、人を引き寄せ、縁を繋ぐのだ。

「私、あの日、御幸町通を歩いていてよかった。一眞さんに出会えてよかったです」

心からそう言うと、花菜の笑顔を見ていた一眞が「あかん」とつぶやいた。

「……？」

なにが「あかん」のかわからず、きょとんとしていると、一眞に体を引き寄せられた。突然、肩を抱かれて驚いている花菜に顔を近付け、耳元で囁く。

「今すぐここでキスしたい」

「～～っ」

思いがけないことを言われて、花菜の息が止まりそうになる。

「駄目？」

甘えるような瞳を向けられて一瞬流されそうになったものの、花菜は一眞を押しのけた。

「だ、駄目ですっ！　他の人もいるんですから！」

慌てている花菜を見て、一眞がくすくすと笑う。

「恥ずかしがってる僕の奥さんは可愛いらしいなぁ」

「からかってますね？」

ぷうと頬を膨らませて、上目遣いで一眞を睨む。

「あっ！　そこの夫婦！　なにいちゃいちゃしてんの！」

いずみが花菜と一眞の様子に気が付き、こちらを向いて指を差した。いずみの声に釣られ、亜紀、理香子、小代里、富江も振り向いたので、花菜は両手を思い切り横に振った。

「いちゃいちゃなんてしてないっ！」

信じていない顔でいずみが笑う。友樹もにやにやと目を弓なりにしている。

隣を見れば、一眞は花菜を見つめ、幸せそうに微笑んでいた。

「一眞、花菜ちゃん！　二人とも、こっち向いて！」

名前を呼ばれて振り向くと、いつの間にカメラを構えていたのか、圭司がレンズを向けていた。シャッター音が響く。

「二人とも、いい笑顔！　せっかくだし、集合写真も撮ろうぜ。皆、並んで！」

圭司の号令で、皆がぞろぞろと壁際に集まり始める。

「花菜さん、僕らも行こう」

一眞が右手を差しだした。

「そうですね」

花菜は、薬指に結婚指輪の嵌《は》まった左手を重ねる。

二人は仲良く手を繋いでキッチンを出ると、友人たちの輪に加わった。

《了》

京都桜小径の喫茶店
～神様のお願い叶えます～

卯月みか　装画／白谷ゆう

付き合っていた恋人には逃げられ、仕事の派遣契約も切られて人生のどん底の水無月愛莉。そんな中、雑誌に載っていた京都の風景に魅了され、衝動的に京都「哲学の道」へと訪れる。そして「哲学の道」へと向かう途中出会った強面の拝み屋・誉との出会いをきっかけにたどり着いた『Cafe Path』で新たな生活をスタートするのだが……。古都京都を舞台に豆腐メンタル女子が結ばれたご縁を大切に、神様のお願い事を叶える為に奔走する恋物語。

私のめんどくさい幽霊さん

未礼　イラスト／げみ

「姉ちゃん……俺が見えとんの？」

生まれつき幽霊が見える体質の日花（にちか）は、迷子になっていた男の幽霊にそう話しかけられた。どうやらこの幽霊には記憶が無いようで——。成仏を手伝うと約束してしまった日花は、幽霊の記憶を取り戻すために奮闘する。幽霊が見える女子大生と記憶喪失の幽霊が織りなす物語。

偽りの錬金術妃は後宮の闇を解く

三沢ケイ　イラスト／きのこ姫

光麗国の皇都・大明では、ここ数ヶ月の間に奇妙な鬼火が度々目撃され、民衆に不安と恐怖を与えていた。やがて人々の間にこの怪奇現象が、身分の低い母を持つ現皇帝が即位したことへの天帝の怒りであるという噂がたち始める。事態を重く見た皇帝――潤王はこの現象を解明するべく、有能な錬金術師を探させるため側近の官史・甘天佑を東明に向かわせる。そこで天佑は少年の格好をした錬金術師の少女・玲燕と出会う。天佑から依頼を受けた玲燕は錬金術の知識で怪奇現象の謎を解明するため、後宮に潜入することになるのだが――。

愛読家、日々是好日
～慎ましく、天衣無縫に後宮を駆け抜けます～

琴乃葉　装画／武田ほたる

何よりも本を愛する少女・明渓は、後宮には珍しい本がたくさんあるからという理由だけで、後宮入りを決意する。しかし、皇帝と夜を共にすることもないどころか、不思議な事件に巻き込まれる日々ばかり。読書で会得した持ち前の博識を駆使して、事件を解決していくが、そんな彼女の前に現れたのは、医官見習いの不思議な少年と国の英雄である皇子……。「私、ただ本が読みたいだけなのに！」。後宮を舞台にした、小さなお妃・明渓の謎解きストーリー、ここに開幕！　※第10回ネット小説大賞受賞作

一二三文庫

古都鎌倉、あやかし喫茶で会いましょう

忍丸　装画／新井テル子

恋人に浮気され、職も失った詩織は、傷心旅行で古都鎌倉を訪れる。賑やかな春の鎌倉の地を満喫しながら、休憩場所を求めてたどり着いたのは、ある一軒の古民家カフェ。“あやかしも人間もどうぞ〟――怪しすぎる看板を掲げたカフェの中で詩織を待っていたのは、新鮮な鎌倉野菜と地魚を使った絶品料理、そして「鬼」のイケメンシェフと個性豊かなあやかしたち。ひょんなことから、詩織はそのカフェで働くことになるのだが……。元OLのどん底から始まる鎌倉カフェライフスタート！

一二三文庫

京都御幸町かりそめ夫婦のお結び屋さん2

2024年7月5日　初版発行

著　者　　卯月みか
発行人　　山崎　篤
発行・発売　株式会社一二三書房
〒101-0003
東京都千代田区一ツ橋2-4-3 光文恒産ビル
03-3265-1881
https://www.hifumi.co.jp/

印刷所　　中央精版印刷株式会社

ISBN 978-4-8242-0204-8 C0193